古典文学大字本

柳永词选

王兆鹏 姚蓉 评注

人民文学出版社

图书在版编目（CIP）数据

柳永词选/王兆鹏，姚蓉评注.—北京：人民文学出版社，2021（2023.7重印）
（古典文学大字本）
ISBN 978-7-02-017050-0

Ⅰ.①柳⋯　Ⅱ.①王⋯　②姚⋯　Ⅲ.①宋词—选集　Ⅳ.①I222.844

中国版本图书馆 CIP 数据核字（2021）第 040032 号

责任编辑　董岑仕
装帧设计　刘　远
责任印制　张　娜

出版发行　人民文学出版社
社　　址　北京市朝内大街 166 号
邮政编码　100705

印　　刷　三河市宏盛印务有限公司
经　　销　全国新华书店等

字　　数　152 千字
开　　本　710 毫米×1000 毫米　1/16
印　　张　17.5　插页 2
印　　数　5001—7000
版　　次　2005 年 3 月北京第 1 版
印　　次　2023 年 7 月第 2 次印刷

书　　号　978-7-02-017050-0
定　　价　38.00 元

如有印装质量问题，请与本社图书销售中心调换。电话：010-65233595

目　录

前言 …………………………………… 1

黄莺儿(园林晴昼春谁主) …………………… 1
雪梅香(景萧索) ………………………………… 4
尾犯(夜雨滴空阶) ……………………………… 7
斗百花(飒飒霜飘鸳瓦) ………………………… 10
斗百花(煦色韶光明媚) ………………………… 14
甘草子(秋暮) …………………………………… 16
昼夜乐(洞房记得初相遇) ……………………… 18
西江月(凤额绣帘高卷) ………………………… 21
迎新春(嶰管变青律) …………………………… 23
曲玉管(陇首云飞) ……………………………… 26
满朝欢(花隔铜壶) ……………………………… 29
凤衔杯(追悔当初孤深愿) ……………………… 32
鹤冲天(闲窗漏永) ……………………………… 34
受恩深(雅致装庭宇) …………………………… 36

看花回(屈指劳生百岁期)	39
两同心(伫立东风)	41
女冠子(断云残雨)	43
传花枝(平生自负)	46
雨霖铃(寒蝉凄切)	49
定风波(伫立长堤)	52
慢卷䌷(闲窗烛暗)	55
佳人醉(暮景萧萧雨霁)	57
迷仙引(才过笄年)	59
御街行(前时小饮春庭院)	62
归朝欢(别岸扁舟三两只)	64
采莲令(月华收)	66
秋夜月(当初聚散)	69
婆罗门令(昨宵里)	71
西平乐(尽日凭高目)	73
凤栖梧(帘内清歌帘外宴)	76
凤栖梧(独倚危楼风细细)	79
法曲第二(青翼传情)	81
愁蕊香引(留不得)	83
卜算子(江枫渐老)	85
浪淘沙(梦觉)	87
浪淘沙令(有个人人)	90
古倾杯(冻水消痕)	92
倾杯(离宴殷勤)	94

破阵乐(露花倒影) …… 97

双声子(晚天萧索) …… 101

内家娇(煦景朝升) …… 104

二郎神(炎光谢) …… 106

醉蓬莱(渐亭皋叶下) …… 109

锦堂春(坠髻慵梳) …… 112

定风波(自春来) …… 115

诉衷情近(雨晴气爽) …… 118

留客住(偶登眺) …… 120

迎春乐(近来憔悴人惊怪) …… 123

思归乐(天幕清和堪宴聚) …… 125

集贤宾(小楼深巷狂游遍) …… 127

应天长(残蝉渐绝) …… 130

少年游(长安古道马迟迟) …… 133

少年游(参差烟树灞陵桥) …… 135

少年游(淡黄衫子郁金裙) …… 137

少年游(日高花榭懒梳头) …… 139

长相思(画鼓喧街) …… 141

驻马听(凤枕鸾帷) …… 144

诉衷情(一声画角日西曛) …… 147

戚氏(晚秋天) …… 149

引驾行(虹收残雨) …… 153

彩云归(蘅皋向晚舣轻航) …… 156

离别难(花谢水流倏忽) …… 158

击梧桐(香靥深深) ……………………… 161

夜半乐(冻云黯淡天气) ………………… 164

过涧歇近(淮楚) ………………………… 167

安公子(长川波潋滟) …………………… 170

轮台子(雾敛澄江) ……………………… 172

望汉月(明月明月明月) ………………… 175

八六子(如花貌) ………………………… 177

望海潮(东南形胜) ……………………… 180

玉蝴蝶(望处雨收云断) ………………… 184

满江红(暮雨初收) ……………………… 187

满江红(万恨千愁) ……………………… 190

洞仙歌(乘兴) …………………………… 192

望远行(长空降瑞) ……………………… 195

八声甘州(对潇潇) ……………………… 198

竹马子(登孤垒荒凉) …………………… 200

迷神引(一叶扁舟轻帆卷) ……………… 203

六么令(淡烟残照) ……………………… 205

凤归云(向深秋) ………………………… 207

玉山枕(骤雨新霁) ……………………… 210

木兰花令(有个人人真堪羡) …………… 213

西施(苎萝妖艳世难偕) ………………… 215

河传(淮岸) ……………………………… 217

木兰花慢(拆桐花烂漫) ………………… 219

临江仙引(渡口) ………………………… 222

临江仙引(上国) ······ 224

忆帝京(薄衾小枕凉天气) ······ 226

塞孤(一声鸡) ······ 228

瑞鹧鸪(天将奇艳与寒梅) ······ 231

瑞鹧鸪(全吴嘉会古风流) ······ 233

安公子(远岸收残雨) ······ 235

安公子(梦觉清宵半) ······ 237

倾杯(水乡天气) ······ 239

倾杯(鹜落霜洲) ······ 242

鹤冲天(黄金榜上) ······ 244

木兰花(翦裁用尽春工意) ······ 248

归去来(一夜狂风雨) ······ 250

梁州令(梦觉窗纱晓) ······ 252

夜半乐(艳阳天气) ······ 254

迷神引(红板桥头秋光暮) ······ 258

前　言

柳永是北宋时期最受崇拜的词坛偶像，是雄霸词坛一百多年的天王巨星。

他的追星族里，有皇帝，有宰相，也有和尚和太监，一般的芸芸众生那就更不用提了。仁宗皇帝就是一个"柳词迷"。他特别好听柳永词，每次喝酒，都要让宫廷歌手把柳永词唱过几遍，不过足瘾不罢休。哲宗朝宰相韩维和北宋最后一位宰相何栗，也都是超级的"柳词迷"。韩维是"每酒后好讴柳三变一曲"（张耒《明道杂志》）。何栗在靖康元年（1126）金兵围攻汴京、都城即将陷落的危急时刻，仍然"时一复讴柳词"（徐梦莘《三朝北盟会编》卷六八）。民族危亡的生死关头，何栗都没有减弱对柳永词的兴趣，可以想象柳永词具有多大的魅力。要知道，这个时候柳永已经作古七八十年了，他的词在身后还是那样的火爆流行，受人欢迎。

无独有偶，与何栗差不多同时的一位老太监，也是柳永的铁杆崇拜者。只要听到有人贬抑柳永，他都要奋不顾身地站出来维护他心中的偶像。有一次，诗人刘岑在京城开封相国寺用餐，与朋友神侃歌词时，旁若无人地大肆攻击柳永词。当时这位老太监也在座，听到后，一声不响地找来纸笔，跪在刘岑的面前，说："阁下刚才说柳词如此这般的不好，那您就写一篇好的给我看看？"把刘岑弄得个大红脸，下不了台。

邢州开元寺的和尚法明，平生像《水浒传》里的鲁智深一样好喝酒，又特别迷恋柳永词。"每饮至大醉，惟唱柳永词"。他天天要喝酒，一喝到兴头上，就唱几首柳永词，过把瘾，数十年不间断。临终前，唱完柳永"今宵酒醒何处，杨柳岸晓风残月"后便"跏趺而逝"（江少虞《宋朝事实类苑》卷四四《风和尚》）。

以上几位追星族，只是文献记载的几个典型代表，宋代像这样的柳永迷还不知道有多少呢。柳永词，当时是"天下咏之"，连周边的西夏也是"凡有井水饮处，即能歌柳词"（叶梦得《避暑录话》卷下）。只要是有人的地方，就有唱柳永词的。

在词坛上走红了一百多年的柳永，身世如何，性格又怎样？究竟有些什么成就和贡献，惹得千人怜、万人爱的？下面我们就来追踪一下。

柳永（987？—1053？），字耆卿，原名三变，字景庄，福建崇安（今福建武夷山市）人。因排行第七，所以世称柳七。他兄弟三人，长兄三复，二哥三接，都先后中进士，当时人称为"柳氏三绝"。

柳家世代做官，柳永少年时代在家乡勤学苦读，希望能传承家业，官至公卿。学成之后，他就到汴京应试，准备大展宏图，在政治上一试身手。不料，一到光怪陆离的京城，骨子里浪漫风流的青年才子柳永，就被青楼歌馆里的靓妹吸引住了眼球，把那政治理想完全抛在了脑后，一天到晚在风月场里潇洒，与青楼歌妓打得火热，而且还把他的风流生活写进词里进行"现场直播"："近日来，陡把狂心牵系。罗绮丛中，笙歌筵上，有个人人可意。""知几度、密约秦楼尽醉。便携手，眷恋香衾绣被。"（《长寿乐》）当然，他也没有忘记此行考中进士的目标，只是他"自负风流才调"，自信"艺足才高"，"多才多艺善词赋"（《击梧桐》），没把考试当回事，以为考中进士、做个状元是唾手可得的事。他曾经向可意的心上人夸口说，即使是皇帝临轩亲试，也"定然魁甲登高第"（《长寿乐》）。不料事与愿违，放榜时名落孙山。他沮丧愤激之余，写下了传诵一时的名作《鹤冲天》（黄金榜上），宣称要"把浮名，换了浅斟低唱"。你皇帝老儿不让我进士及第去做官，我不做官，又奈我何！在词坛上叱咤风云，难道不是一样的辉煌？正是"才子词人，自是白衣卿相"。

表面上看，柳永对功名利禄不无鄙视，很有点叛逆精神。其实这只是失望之后的牢骚话，骨子里还是忘不了功名，他在《如鱼水》中一方面说"浮名利，拟拚休。是非莫挂心头。"另一方面却又自我安慰说"富贵岂由人，时会高志须酬"。因此，他在科场初次失利后不久，就重整旗鼓，再战科场。

仁宗初年的再试，考试成绩本已过关，但由于《鹤冲天》词传到禁中，上达宸听。等到临轩放榜时，仁宗以《鹤冲天》词为口实，说柳永政治上不合格，就把他给黜落了，并批示："且去浅斟低唱，何要浮名"（吴曾《能改斋漫录》卷十六）！柳永的牢骚话，皇帝老儿当了真，断送了柳永美好的前程。

前面不是说宋仁宗是柳永词的追星族吗？怎么他就不保护一下心中的偶像呢？这与当时人的词学观念有关。原来在柳永时代，人们感情上很喜欢词，在私下里都爱听词、读词，可理性上却排斥词、瞧不起词，认为词跟正统的诗文相比，不过是小玩意，内容上不是男欢女爱，就是卿卿我我，没有几句正经的载道言志的话，登不上大雅之堂。就像当今的流行歌曲，虽然已经渗透到日常生活的各个角落，再古板的人似乎都可以哼几句，不听都不行，可是研究现当代文学史的学者，从来就没有把歌曲纳入到文学的视野里来，没有把歌曲当作是正儿八经的文学。柳永时代也一样，词就是当时的流行歌曲，谁都没有把它当作是文学创作。更有甚者，在正统的士大夫眼里，写词好像是不高尚、不道德的行为。王安石自己也写过词，可他在谈到晏殊的词时，认为晏殊身为宰相，写"小词"不合他的身份。晏几道曾经把自己的词作寄给老父晏殊的一位下属，让他欣赏，没想到那位老官僚却一本正经地批评晏几道写的词是才有余而德不足。所以，宋仁宗作为一个普通人的时候，私下里喜欢柳永词，可当他以皇帝的身份来看词的时候，就觉得词这玩意太低级庸俗，更何况柳永在词里公开宣称不要进士、不要功名呢！这种不健康的思想，皇帝老儿当然不满意，一气之下，就把他的偶像柳永给抛弃了。

再度的失败，柳永真个是有些愤怒了，他干脆自称"奉旨填词柳三变"（胡仔《苕溪渔隐丛话》后集卷三九引严有翼《艺苑雌黄》），从此无所顾忌地纵游妓馆酒楼之间，致力于民间新声和词的艺术创作。官场上的不幸，反倒成全了才子词人柳永，使他的艺术天赋在词的创作领域得到充分的发挥。当时教坊乐工和歌妓每得新腔新调，都请求柳永为之填词，然后才能传世，得到听众的认同。柳永创作的新声曲子词，有很多是跟教坊乐工、歌妓合作的结果。

柳永为教坊乐工和歌妓填词，供她们在酒肆歌楼里演唱，常常会得到她们的经济资助，柳永也因此可以流连于坊曲，不至于有太多的衣食之虞。南宋罗烨《醉翁谈录》丙集卷二就说："耆卿居京华，暇日遍游妓馆。所至，妓者爱其有词名，能移宫换羽，一经品题，声价十倍。妓者多以金物资给之。"柳永凭借通俗文艺的创作而获得一定的经济收入，表明宋代文学的商品化开始萌芽，为后来"职业"地从事通俗文艺创作的书会才人开了先河。

然而，出身于世代奉儒家庭的柳永，无法完全超越当时士大夫的人生价值取向，他不可能以填词为终生的职业，而必须在仕途上有所发展，在政治上有所建树。于是，他不得不离开京城到外地去宦游公关，寻找其他的入仕做官的途径。他曾漫游过江南的苏州、扬州、金陵和杭州等地，也到过四川的成都和湖南的九嶷山，写过一些干谒地方长官的词作，著名的《望海潮》（东南形胜）就是歌颂和投献杭州知州的词作，希望能得到地方长官的援引帮助。

长期在外漂泊流浪，柳永始终没有找到仕途上的晋身之阶，倒是丰富了人生体验，扩大了艺术视野，从而创作出大量的羁旅行役词。柳永的几十首羁旅行役词，表现了升平时代下层的落泊文人复杂苦闷的心态，他既想博取功名利禄，又渴望官能享受，而二者又不可兼得。对于达官贵人来说，功名利禄与官能享受是顺理成章的事，他们有钱又有闲来满足自身官能享受的需要。而对于还没有进入仕途的柳永来说，事情就要困难得多。由于"未名未禄"，必须去"奔名竞利"，于是"游宦成羁旅"，"谙尽宦游滋味"（《安公子》）。长期在外宦游漂泊，又耽误了与所爱佳人的蜜意幽欢，"因此伤行役。思念多娇多媚，咫尺千山隔。都为蜜情深爱，不忍轻离拆"（《六么令》）。但"利名牵役"，又不得不离拆："走舟车至此，人人奔名竞利。念荡子，终日驱驱，争觉乡关转迢递"（《定风波》）。未能满足的功名心与享受欲，始终困扰着"荡子"柳永。在宋代，虽然文人士大夫的生活待遇比较优厚，但毕竟考中进士进入仕途的是少数，而没有考中进士浪迹江湖、沉沦民间的文人是多数。所以，柳永这类写羁旅行役、漂泊流浪的歌词，特别能引起同类人的情感共鸣，引起失意者的精神共振。

到了中年，奔名竞利的柳永，在仕途上仍然毫无进展，内心非常失望，有时觉得"干名利禄终无益"（《轮台子》），"屈指劳生百岁期。荣瘁相随。利牵名惹逡巡过，奈两轮、玉走金飞。红颜成白发，极品何为"（《看花回》）！但是，柳永毕竟对功名十分执着和热衷，一时的鄙视并不等于彻底的否定，尽管他终年凄凄惶惶地临水登山，在"孤馆度日如年"，却仍然是"念利名,憔悴长萦绊"(《戚氏》)。

在羁旅行役中度过了数十年的艰难岁月后,柳永又回到汴京应试,终于在仁宗景祐元年(1034)考中了进士。虽然是及第已老,但毕竟实现了平生梦寐以求的愿望,所以他格外兴奋,挥笔写下了一首《柳初新》词,表达他由衷的喜悦:"别有尧阶试罢。新郎君、成行如画。杏园风细,桃花浪暖,竞喜羽迁鳞化。"进了仕途,脱了凡胎,从此他"洗心革面",当年出入风月场中倚红偎翠的风流公子变成了勤于职守的能官良吏。

登进士第后,柳永被安排到浙江的睦州(今浙江省建德市)做团练使推官,到任一个多月,就显示出他的干练与勤政,得到知州吕蔚的赏识,并被破格向朝廷举荐。由于朝中有人作梗,最终柳永没有得到升迁。几年后,转任昌国县(今浙江省舟山市)晓峰盐场的盐监。在晓峰盐场,他目睹了盐民的苦难生活,曾写下《煮海歌》,对盐民的不幸表现出深切的同情:"周而复始无休息,官租未了私租逼。驱妻逐子课工程,虽作人形俱菜色。煮海之民何苦辛,安得母富子不贫!"曾几何时在绮罗丛中、笙歌筵上流连的柳永,于今也这样深情地关心民瘼,这从一个侧面反映出宋代知识分子正直善良的精神境界。

柳永一生仕途坎坷,进士及第后一直沉沦下僚。本质上是才子词人的柳永,在词坛上可以尽逞才华,出尽风头,但在风波险恶的官场上总是连遭跟头,而且常常是为写词所累。仁宗皇祐年间,柳永因写歌颂祥瑞的《醉蓬莱》词无意中得罪了皇上,不得改官进用,曾去找宰相晏殊说情,晏殊也是写词的同道,按理说也应该提携提携,谁知晏殊嫌他写词太俗气,责备他不该写"针线慵拈伴伊坐"之类的词句,求官不成反讨了个没趣。柳永总结了多次失利的教训,常常是由于填词给当权者留下了不好的印象,于是将本名三变改名为永,试图将以歌词著称的柳三变与他本人"隔离"。这一招果然有效,不久他就被磨勘转为京官,官至屯田员外郎。故后人常称他为"柳屯田"。

柳永虽然在官场上是一个失败者,但在歌词的创作上却是一位成功的开拓者和革新家。他创制了许多新调,特别是慢词长调,现存宋词的词调有800多种,其中100多种调子是柳永创制或最先使用的,占了宋代全部词调的八分之一,论创调之功,在宋代词人中,他是绝对的大哥大,没有人能超过他。他创造的这些慢词,扩充了词的体制,打破了小令一统词坛的旧格局,提高了词的表现能力,扩大了词体的容量,开创出宋词发展的新局面,为后来词人的创作提供了基本的形式规范。要是没有柳永在形式上的探索和创造,后来的苏轼和辛弃疾等人能不能创造出那些辉煌的慢词篇章,还真说不定呢！

唐五代以来的文人词，语言上追求的是贵族化和高雅化。柳永却反其道而行之，率先面向市民大众来创作，尽可能用市民大众能理解的生活化、通俗化的语言，表达市民大众关注和喜欢的世俗生活情调。因此他的词，赢得了广大民众的喜爱和崇拜。那些文化水准不高的人，特别喜好柳永词，因为柳词通俗易懂。所以宋人常说柳词俗，"不知书者尤好之"。柳永词，改变了当时流行的审美趣味，也改变了一种创作方向，为后来文学的通俗化进程开辟了道路。

在词的创作方法上，柳永也有开拓和创新。原来的小令，习惯于用比喻、象征等手法，也就是传统的比兴手法，借景言情，以表现瞬间性的情绪和心态。而柳永却将铺陈叙事的方法，也就是赋的手法，移植到词里，注重对人物情态心理进行多方面的刻画；或者对情事发生发展的场面、过程进行层层的描绘，以展现不同时空场景中人物不同的情感心态。因而他的抒情词往往带有一定的叙事性、情节性。从小令到慢词，体制扩大了，结构变化了，柳永的铺叙衍情法，正好适应、满足了慢词体制结构变化的需要，解决了词的传统抒情方法与新兴体制之间的矛盾，推动了慢词艺术的发展。从词史的发展进程来看，说柳永是北宋词坛上第一位功勋卓著的革新家，是一点也不过分的。

本书所选词作，主要依据中华书局出版的薛瑞生先生校注本《乐章集》，注释上也多有参考，谨此说明，并致谢忱。

王兆鹏　姚蓉

黄莺儿

园林晴昼春谁主。暖律潜催[1]，幽谷暄和[2]，黄鹂翩翩，乍迁芳树。观露湿缕金衣[3]，叶隐如簧语[4]。晓来枝上绵蛮[5]，似把芳心、深意低诉。

无据[6]。乍出暖烟来，又趁游蜂去。恣狂踪迹，两两相呼，终朝雾吟风舞。当上苑柳秾时[7]，别馆花深处[8]。此际海燕偏饶[9]，都把韶光与[10]。

【注释】

1 暖律潜催：春来气候渐渐变暖。律，乐律。古以十二律配合时令的变化，温暖的节候为"暖律"。刘向《别录》："邹衍吹律而暖气至。"

2 暄：暖和。

3 缕金衣：即金缕衣，谓缀以金饰的舞衣。此处比喻黄莺金色的羽毛。

4 如簧语：比喻黄莺婉转的鸣叫声。簧语，指乐器簧片发出的声音。语出《诗经·小雅·巧言》："巧言如簧。"

5 绵蛮：鸟叫的声音。语出《诗经·小雅·绵蛮》："绵蛮黄鸟，止于丘阿。"

6 无据：无端，没由来。

7　上苑柳秾：皇家园林里柳树繁茂。上苑，帝王的园林。秾，草木茂盛。

8　别馆：此处指皇宫的别殿、偏殿。司马相如《上林赋》："离宫别馆，弥山跨谷。"

9　偏饶：偏偏予以厚赐。

10　韶光：美好的时光。韶，美好。南朝宋鲍照《发后渚》诗："华志分驰年，韶颜惨惊节。"

【解读】

　　这是一首咏物词，笔调清新秀丽，节奏流畅明快，在柳永词中别具一格。春回大地，园林明媚，就连幽谷也散发着暖意。黄鹂鸟儿就随着春天的到来，翩翩飞出幽谷，飞向热闹的园林。词章中吟咏的黄鹂，又名黄莺，有黄色的羽毛、悦耳的啼声，惹人喜爱。作者就用金色的舞衣比喻黄鹂美丽的毛羽，用簧管的乐声比喻黄鹂清脆的啼鸣，不仅突出了黄鹂的显著特征，更将黄鹂拟人化。黄鹂似乎成了一位多才多艺的少女，穿着金缕衣翩翩起舞，又在密林深处吹奏着动听的乐曲。而黄鹂婉转啼鸣，就是少女春心萌动，在委婉地诉说自己的心曲。黄鹂每天飞翔在氤氲的暖烟中，追逐游蜂，呼朋唤友，恣意享乐，恰如春光没由来撩乱了少女的心扉，使她寂寞难耐，来到大自然中欢歌笑语，释放出动人的青春气息。词章勾勒的是一幅黄鹂闹春图，但更似一幅少女游春图。结尾处，作者宕开一笔，以海上飞来的燕子，不知体会这美好的春光作结，对比中突出了黄鹂在大好春色中占尽风流的情景，这就如天真活泼的少女在尽情享受人生最美好的时光。词人紧扣黄鹂鸟的种种特点用笔，却使一个天真烂漫的少女形象就这样跃然纸上。故而，此词是黄鹂与少女，共同谱写的一曲美妙的青春之歌。此词最大的特点也就在此，黄鹂已经被完全人性化，让读者常常疑惑词人是在咏人还是在咏物，如此真可谓咏物神境。

雪梅香

景萧索，危楼独立面晴空[1]。动悲秋情绪，当时宋玉应同[2]。渔市孤烟袅寒碧，水村残叶舞愁红。楚天阔，浪浸斜阳，千里溶溶[3]。　　临风。想佳丽，别后愁颜，镇敛眉峰[4]。可惜当年，顿乖雨迹云踪[5]。雅态妍姿正欢洽，落花流水忽西东。无憀恨[6]、相思意，尽分付征鸿[7]。

【注释】

1 危楼：高楼。危，高。

2 "动悲秋情绪"二句：宋玉是战国后期楚国的辞赋家，其作品《九辩》首句即云"悲哉秋之为气也"，以悲秋著称于世，故有"宋玉悲秋"之说。因此作者悲秋时，说与宋玉感受相同。

3 溶溶：水宽广的样子。唐杜牧《阿房宫赋》："二川溶溶，流入宫墙。"

4 镇：常，久。

5 顿乖雨迹云踪：在两情相悦之时突然分离。顿，顿时，立刻。乖，背离，分离。《广雅·释诂三》："乖，离也。"雨迹云踪，指男欢女爱。语出宋玉《高唐赋》，言楚怀王梦游高唐，有神女与之幽合，临别时辞曰："妾在巫山之阳，高丘之阻，旦为朝云，暮为行雨，朝朝暮暮，阳台之下。"

6　无憀(liáo)：百无聊赖。憀，依赖。

7　尽分付征鸿：全都托付给飞向远方的大雁。古有鸿雁传书之说，语出《汉书·苏武传》。苏武出使匈奴，被遣往北海牧羊十九年，后汉使至匈奴讨还武等，匈奴诡言已死。汉使假称汉天子射上林中，得雁，足系帛书，言武等在某泽中，单于方释放苏武等人。

【解读】

自从战国时文士宋玉在《九辩》中感慨"悲哉秋之为气也，萧瑟兮草木摇落而变衰"，"坎廪兮贫士失职而志不平，廓落兮羁旅而无友生"以来，寒士不遇而悲秋，成为文学创作中一个常见的主题。柳永此词就是悲秋之作。

上片发端即说独自登高，面对萧瑟的秋景，他的心情有似宋玉当年的悲凉。运用宋玉悲秋的典故，既道出了自己平生沦落不偶的命运，又点明了自己此际羁旅漂泊的处境。接下来，作者描写登高所见之景，"渔市"两句，生动描绘出水村渔市的晚秋图景。"碧"与"红"映衬，色调明艳，但在作者看来，却是"寒碧"与"愁红"，故而他黯淡的心情与明丽的秋景形成鲜明对比。"孤烟"、"残叶"更透露出秋天的衰败气息，情景交融，具体展现了他的悲秋情绪。上片以"楚天阔，浪浸斜阳，千里溶溶"作结，夕阳照耀下的滔滔江水，既给词作增添了博大雄浑的气势，又将作者的思绪生发开去，很自然地引出下片的怀人主题。

下片中，作者临风怀想，似乎看到自己怀念的佳丽，自从离别之后，每天愁容不展，紧锁眉头。作者在此极力描绘佳人思念他的忧郁情怀，其实更加突出了他对佳人的思念。这种思念，因为他们曾经有过男欢女爱、欢洽美好的生活而显得真实深刻。这种思念，又因为他们的骤然离别而更加汹涌澎湃，无法排遣。无奈之下，作者只好把这思念托付给飞向远方的大雁，请它传递给自己的爱人。同时，词作在有层次地展现了自怜身世、感慨悲秋、相思怀人等多重题旨之后，以"征鸿"作结，使作品韵致空灵而深远，达到了言有尽而意无穷的艺术效果。

尾　犯

夜雨滴空阶，孤馆梦回，情绪萧索。一片闲愁，想丹青难貌[1]。秋渐老、蛩声正苦[2]，夜将阑[3]、灯花旋落。最无端处[4]，总把良宵，只恁孤眠却[5]。　　佳人应怪我，别后寡信轻诺。记得当初，翦香云为约[6]。甚时向[7]、幽闺深处，按新词、流霞共酌[8]。再同欢笑，肯把金玉珠珍博[9]。

【注释】

1　丹青难貌：图画难以描绘。丹青，红色与青色的颜料，借指绘画。

2　蛩（qióng）声：蟋蟀的叫声。蛩，蟋蟀。

3　阑：将尽。

4　无端：没有由来，无缘无故。

5　只恁孤眠却：只得这样独自睡了。恁（nèn），这样。却，犹"了"。

6　翦香云为约：古代情人分别时，女子常剪发相赠，以为盟约。香云，指女子的头发。

7　甚时：什么时候，何时。

8　流霞共酌：同饮美酒。流霞，仙酒名，语出王充《论衡·道虚》，言项曼都好道学仙，离家三年而返，自称"有仙人数人，将我上天"，"口饥欲食，仙人辄饮我以流霞一杯。每饮一杯,数月不饥"。

9　博:博取,换取。

【解读】

夜深人静的时候听雨,往往会觉得雨声格外清晰,一声声地,仿佛就滴在心坎上,很容易引起人的悲凉情绪。更何况作者孤身在外,午夜梦回,只有雨声相伴,所以他的萧索心境,真是难以描摹。屋外蟋蟀的鸣叫,更添秋深的凄凉,屋里即将燃尽的灯花,暗示着长夜将尽。而对这些景物的细致观察,表明作者感觉敏锐,完全无法成眠。当别人酣然入梦的时候,他却承受着失眠的苦楚。这滋味如此真实细腻,非亲身经历者不能道之。因为失眠,作者难免思绪万千,词作接下来真实生动地反映了作者丰富的心理活动。由于自身孤枕难眠的处境,作者首先遗憾辜负了良宵,辜负了意中人。然后由己及人,想到心爱的女子,只怕在远方抱怨他的"寡信轻诺"了。提起诺言,作者又想到恋人曾剪发盟誓,以此表达对他的一往情深。这一切关于意中人的回忆,都使作者对两情相悦的爱情充满信心,更使他对两相厮守的生活无限向往。他想象着与恋人一起填词谱曲、浅斟低唱、情投意合的美好未来。意念中的欢乐生活与现实中的孤凄处境,形成鲜明对比,作者肯把千金买一笑的誓言也因此令人信服,发人深省。想到世人常常为了功名利禄而轻掷真挚的情感,此词对美好爱情的珍惜,难能可贵。情义无价,就是此词给我们最深的启示。在艺术表现上，此词以景衬情，通过凄寒的孤馆夜雨之景，贴切地烘托出词人愁苦的心境，意境浑成。

斗百花

飒飒霜飘鸳瓦[1],翠幕轻寒微透,长门深锁悄悄[2],满庭秋色将晚。眼看菊蕊,重阳泪落如珠,长是淹残粉面。鸾辂音尘远[3]。无限幽恨,寄情空殢纨扇[4]。应是帝王,当初怪妾辞辇[5]。陡顿今来[6],宫中第一妖娆,却道昭阳飞燕[7]。

【注释】

1 鸳瓦:鸳鸯瓦的简称,指互相成对的瓦。语出《三国志·周宣传》:"文帝问宣曰:'吾梦殿屋两瓦堕地,化为双鸳鸯,此何谓也?'"唐白居易《长恨歌》:"鸳鸯瓦冷霜华重,翡翠衾寒谁与共?"

2 长门:汉宫名。汉司马相如《长门赋序》:"孝武皇帝陈皇后,时得幸,颇妒,别在长门宫。愁闷悲思。闻蜀郡成都司马相如,天下工为文,奉黄金百斤,为相如文君取酒,因于解悲愁之辞,而相如为文以悟主上,陈皇后复得亲幸。"后世常以"长门"借指失宠女子的居所。

3 鸾辂:又名鸾路、鸾车,天子所乘之车。《吕氏春秋·孟春纪》:"天子……乘鸾辂,驾苍龙。"高诱注:"辂,车也。鸾鸟在衡,和在轼,鸣相应和。后世不能复致,铸铜为之,饰以金,谓之鸾辂也。"

4　空殢(tì)纨扇：空恋纨扇。殢，本意为困扰，本音为替。至晚唐后音义并转，音转为泥，义转为迷恋、亲昵。唐李山甫《柳》诗："强扶柔态酒难醒，殢着春风别有情。"纨扇，相传汉班婕妤失宠后作《怨歌行》："新裂齐纨素，鲜洁如霜雪。裁为合欢扇，团团似明月。出入君怀袖，动摇微风发。常恐秋节至，凉飙夺炎热。弃捐箧笥中，恩情中道绝。"后以"纨扇"借指女子失宠的哀怨。

5　当初怪妾辞辇：怪我当初辞谢了帝王与之同载的要求。《汉书·外戚传》："孝成班婕伃，帝初即位选入后宫。始为少使，俄而大幸，为婕伃居增成舍，再就馆，有男，数月失之。成帝游于后庭，尝欲与婕伃同辇载，婕伃辞曰：'观古图画，圣贤之君皆有名臣在侧，三代末主乃有嬖女，今欲同辇，得无近似之乎？'上善其言而止。……其后赵飞燕姊弟亦从自微贱兴，踰越礼制，寖盛于前。班婕伃及许皇后皆失宠，稀复进见。"

6　陡顿：突然变化。

7　昭阳飞燕：昭阳，汉宫名。飞燕，即赵飞燕。《汉书·外戚传》："孝成赵皇后，本长安宫人。初生时，父母不举，三日不死，乃收养之。及壮，属阳阿主家，学歌舞，号曰飞燕。成帝尝微行出，过阳阿主，作乐。上见飞燕而说之，召入宫，大幸。有女弟复召入，俱为婕伃，贵倾后宫。"

【解读】

　　班婕妤乃汉成帝宫人，美而能文，最初颇受皇帝宠爱，后为赵飞燕姐妹排挤而失宠，别居长信宫侍奉太后，曾作《怨歌行》诗，以秋凉之后人们弃而不用的纨扇为喻，自伤其遇。柳永此词就是吟咏这一段史事。

　　开篇四句，总写班婕妤失宠后寂寞冷清的门庭。严霜飘洒在鸳鸯瓦上，发出飒飒的响声，轻微的寒意透过翠幕袭进屋来，给人阵阵凄寒。门庭紧锁的悄悄深院中，已是满庭秋色，无限衰颓。这几句看似写景，实则从听觉、触觉、视觉等方面突出了幽居之人的幽寂之感。其中，鸳瓦的成双成对反衬出人的形单影只；"长门"之典，更是明示了班婕妤失宠后的凄凉处境。接下来四句，特写班婕妤在重阳节观菊的活动，进一步突出了她的幽怨：一、节日的热闹与班婕妤处境的冷清相对比，以乐写哀，倍增其哀；二、"每逢佳节倍思亲"，节日引发班婕妤对君王更强烈的思念，而君王却音尘已远，班婕妤的思念与盼望，和皇帝的不念旧情形成鲜明对比，更突出了班婕妤失宠的悲伤；三、重阳是赏菊的节日，班婕妤品貌端庄，如菊花的清雅；对菊洒泪，"淹残粉面"，如菊花历经风霜、满怀憔悴。人、菊比照，令人神伤。上片以景衬情，侧面描写班婕妤失宠后的幽怨，词的下片则从正面落笔。班婕妤被弃后，写下咏纨扇的《怨歌行》，其中"出入君怀袖，动摇微风发。常恐秋节至，凉飙夺炎热。弃捐箧笥中，恩情中道绝"等句子，真切反映出被弃的命运给她带来的心灵痛苦。一个"空"字,更点出了她的痛苦是何等徒劳:对于后宫有三千佳丽的帝王来说,但见新人笑,哪闻旧人哭呢?然而被弃的女子却还在不断反思帝王疏远自己的原因:大概是当初皇帝要与我同载时,我不该推辞说:"观古图画,圣贤之君皆有名臣在侧,三代末主乃有嬖女,今欲同辇,得无近似之乎?"如此看来,班婕妤被弃完全是因为她品行高洁端正,这更增添了她幽居冷宫的悲剧性。此处"辞辇"的典故与上片"鸾辂音尘远",都以宫车喻指皇帝,前后呼应又两相对照,给人强烈的今昔之感,不露痕迹地揭露了帝王的喜新厌旧是造成班婕妤悲剧命运的根源。柳永在此词中突出班婕妤以品性高洁、贤惠见弃,如果将这一点与他有才而沦落不偶的命运联系起来思考,那么此词于咏史之外,似乎还寄托了词人的身世之感。

斗百花

煦色韶光明媚。轻霭低笼芳树。池塘浅蘸烟芜[1],帘幕闲垂风絮。春困厌厌[2],抛掷斗草工夫[3],冷落踏青心绪[4]。终日扃朱户[5]。　远恨绵绵,淑景迟迟难度[6]。年少傅粉[7],依前醉眠何处。深院无人,黄昏乍拆秋千,空锁满庭花雨。

【注释】

1　浅蘸烟芜:草丛上薄薄地笼罩着一层烟雾。蘸,沾上。芜,丛生的草。

2　厌厌:同"恹恹",精神不振,倦怠无力的样子。

3　斗草:又叫斗百草,是古代的一种游戏,女性尤为喜好。采摘花草,比赛多寡优劣以决胜负。南朝宗懔《荆楚岁时记》载:"五月五日,士民并踏百草,又有斗百草之戏。"

4　踏青:古代清明节前后有游春的习俗,谓之踏青,又名采青。

5　扃(jiōng):关闭。

6　淑景:良辰美景。南朝鲍照《代悲哉行》:"羁人感淑景,缘感欲回辙。"

7　傅粉:傅粉何郎的省称,形容美男子。语出《语林》:"何平叔(晏)美姿仪而绝白,魏明帝疑其傅粉。"

又《三国志·何晏传》引《魏略》曰："晏性自喜，动静粉白不去手，行步顾影。"

【解读】

　　此词的布局，是从写景入手、由景及人，再由人到景、以写景作结。景物描写贯穿全词，在营造词的意境、表现人物心理方面意义重大。词的开篇，就描绘出一幅慵懒迷蒙的春景图。在明媚亮丽的众多春天景色中，作者选取了远方暮霭笼罩的原野芳树，近处烟霭迷离的池塘小草，身边闲垂帘幕旁的朦胧飞絮，渲染出迷茫而柔和的感情底色。这些意象，难免会给人"春困厌厌"之感，故而作者将描写的笔触转向相思之人时，显得十分自然贴切。词作中的女子就在这样的迷离春色中，无心游戏，无心踏青，终日关门闭户，生活在恍惚之中。在此，迷离慵懒的春景既对女子百无聊赖的心绪产生影响，同时又是少妇冷落倦怠心境的外化。很自然地，词的下片就谈到"春困厌厌"的具体原因。作者用"远恨绵绵"，点出女子相思之题旨；以"年少傅粉，依前醉眠何处"的揣度，含蓄地道明女子浓重的忧思。随着对相思愁绪的进一步揭示，词作再次回到景物描写时，已经没有开篇之时的暖色，而是颇为凄冷迷离：黄昏来临，深院无人，供人玩耍的秋千也已拆除，只有落花如雨，诉说着春天的寂寞与衰颓。这样的景物描写更加重了人物内心的凄凉之感。词以景色作结，使得作品首尾照应，通篇情景交融。

甘草子

秋暮。乱洒衰荷,颗颗真珠雨[1]。雨过月华生,冷彻鸳鸯浦[2]。池上凭阑愁无侣[3]。奈此个[4]、单栖情绪。却傍金笼共鹦鹉。念粉郎言语[5]。

【注释】

1　真珠:即珍珠。

2　浦:水边之地。

3　凭阑:即凭栏。

4　奈此个:无奈这个。个,《诗词曲语辞汇释》:"个,估量某种光景之辞,等于价或家。"

5　粉郎:傅粉何郎的省称。详见《斗百花》(煦色韶光明媚)注释7。

【解读】

柳永以慢词见长,善于铺叙,然而他的小令也不乏佳作,此词就是代表。词的上片写景。衰落的秋景,本易触动人的凄凉情绪,更何况颗颗冷雨,抛洒在满塘枯荷之上,水珠乱溅。雨过天晴,已是夜晚,一轮明月升上天空。被雨洗过的月色,格外清亮,也格外清寒,照耀着池塘边双宿双栖的鸳鸯。词的下片写人物活动。"池上凭阑愁无侣"一句，承上启下，点明了此词的题旨。由此可知，上片所写荷塘秋景都是女主人公凭栏所见。因此，秋雨不仅"乱洒衰荷"，也打乱了她的心绪；月光不仅"冷彻鸳鸯浦"，也冷彻了她的心扉。从傍晚到"月华生"，她一直在凭栏观望，可见她是何等寂寞、何等无聊。而"愁无侣"三字点出了她孤独寂寞的原因，"单栖情绪"则是对她满怀寂寞的进一步描绘。词作至此，无论写景还是抒情，都在营造一种孤单冷清的氛围。然而结尾处却笔锋一转，写女主人公调教鹦鹉的行为，似乎打破了词章孤清的基调，给全词增添了几许生气。女主人公与鹦鹉共"念粉郎言语"的行为，可见她对恋人思念之深切，又说明她的相思，只能通过教鹦鹉念恋人常说的言语的方式来排遣，这使她的孤独更添一种凄凉。全词因为结尾两句，而别开生面，妙趣无穷。

　　清人彭孙遹在《金粟词话》中谈到："'却傍金笼共鹦鹉。念粉郎言语'，花间之丽句也。"他指出了柳永令词对花间传统的继承。就此词精美的词句、雅丽的词境、细腻的情感表达而言，彭孙遹的评语可谓得当。

昼夜乐

洞房记得初相遇[1]。便只合[2]、长相聚。何期小会幽欢,变作离情别绪。况值阑珊春色暮[3]。对满目、乱花狂絮。直恐好风光,尽随伊归去。　一场寂寞凭谁诉。算前言、总轻负。早知恁地难拚[4],悔不当时留住。其奈风流端正外,更别有、系人心处。一日不思量,也攒眉千度[5]。

【注释】

1　洞房:深邃的内室,后指新婚夫妇的新房。此处指女子的住所。

2　只合:只应当。

3　阑珊:衰落,将尽。

4　恁地难拚:这么难以舍弃。恁地,这么,那么。

5　攒(cuán)眉:紧皱双眉。

【解读】

这是一首闺情词,生动地讲述了一个初相聚、乍别离、长相思的爱情故事,真实地写出了女子相思时细腻的情感及复杂的心态。词作以回忆开篇,女主人公牢记着与恋人初相遇的那一幕,他们那一见钟情的爱恋带给她的幸福感，使她理所当然地认为这份爱情必定天长地久。然而，随着"小会幽欢"而来的却是"离情别绪"，这给她带来巨大的心理落差，使她不能无怨。原以为看看风景可以消愁解闷，谁知春意凋残、花絮飘零的暮春景象，更加重了她心中的惆怅，勾起了她无限的相思！"况值"两句，不仅使故事从回忆转变到现实中，使读者明白女主人公见景伤情的原因，更点明了她无法排遣的相思之情。就连看到春光将尽，她也附会做春天都随着她的恋人远走了，一片心思，无时无刻不系在恋人身上，使词作很自然地过渡到下片对相思心理的刻画中。"寂寞"是离别带给女主人公的最惯常的心理情绪。这场寂寞饱含着她面对春光消逝、年华渐老、繁华落尽的满怀悲凉，更充溢着她心中万语千言无法倾吐的焦灼和苦恼。她这无法诉说的爱情心理，其中有怨、有悔、有思念，极为丰富细腻。她埋怨心爱的人曾许下山盟海誓，却又轻率地离她远去。她后悔自己没把恋人留在身边，以致如今经受着离别的煎熬。她思念恋人的风流儒雅，尤其是恋人带给她的别样心动的感觉。那一种"系人深处"，令她莫名喜悦、令她刻骨相思、令她悔不当初……这种忽忧忽喜、患得患失的心情令她饱受折磨。于是她下定决心，"一日不思量"，可结果却是"攒眉千度"，此二句以反语出之，真实反映了女主人公相思之深之切。全词以相思女子的口吻出之，语言明白如话，如"只合"、"何期"、"直恐"等日常口语的运用，使作品极具生活气息，生动地塑造了一个为情所苦的痴心女子形象。词中的心理刻画更是惟妙惟肖，展现了女子真率大胆的爱情追求，堪称闺词中的佳作。

西江月

凤额绣帘高卷[1],兽环朱户频摇[2]。两竿红日上花梢。春睡厌厌难觉。　　好梦狂随飞絮,闲愁浓胜香醪[3]。不成雨暮与云朝[4]。又是韶光过了。

【注释】

1 凤额绣帘:横额上绣着凤凰的帘帐。

2 兽环朱户:饰有铜兽环的红漆大门。

3 香醪(láo):醇香的美酒。

4 雨暮与云朝:指男女交欢。典出宋玉《高唐赋》,详见《雪梅香》(景萧索)注释5。

【解读】

明代汤显祖的戏曲名作《牡丹亭》,讲述了官家小姐杜丽娘游春时被一场春梦唤醒了内心压抑的情感,以致因渴望爱情而死的故事,表现了封建时代没有身心自由的青年女性的人生悲剧,撼人至深。而柳永的这首《西江月》,揭示的也是这一主题。

"凤额绣帘"、"兽环朱户",在词作开篇就展示了一个富丽堂皇的生活空间,暗示了生活在其中的主人公是一个大家闺秀。生活富足,并不能给闺中人以幸福。她在红日当头、春光大好之时,恹恹欲睡,提不起精神。因为盛年未偶,所以她渴望着关怀、渴望着爱情,以致无心欣赏美丽的春光。虽然刚刚做了一场男女欢会的美梦,但这好梦如同随风飞舞的柳絮,转眼就飘逝无踪。一个"狂"字,让我们体会到闺中女子在现实中被压抑的春心,在梦中得到了无所顾忌的释放,同时又感受到那场未完的春梦,如何扰乱了她的心扉!故而梦醒之后,她心中那莫名的忧愁,比醇酒还要浓烈。怀春之情尚不能排遣,而转眼"又是韶光过了"。词作以此句结尾,一则写自然界的春天即将逝去,紧承前文;一则写人生的青春短暂,闺中人眼看着美好的年华消逝而无人欣赏无人陪伴,使人顿生凄凉之感。

词作的女主人公虽然没有像杜丽娘一样,因情而梦、因梦而亡,但她们被锁在深闺得不到自由的处境,以及她们春心萌动、渴望爱情的心理却如出一辙,共同谱写了古代妇女不幸命运的一曲悲歌。

迎新春

嶰管变青律[1]，帝里阳和新布[2]。晴景回轻煦。庆嘉节、当三五[3]。列华灯、千门万户。遍九陌、罗绮香风微度。十里然绛树[4]。鳌山耸[5]、喧天箫鼓。　　渐天如水，素月当午[6]。香径里、绝缨掷果无数[7]。更阑烛影花阴下，少年人、往往奇遇。太平时、朝野多欢民康阜[8]。随分良聚[9]。堪对此景，争忍独醒归去[10]。

【注释】

1　嶰（xiè）管变青律：春天来了。嶰管，以嶰谷之竹制作的乐器的定声器，也泛称箫笛一类的竹制乐器。据《汉书·律历志》记载："黄帝使泠纶，自大夏之西，昆仑之阴，取竹之解谷生，其窍厚均者，断两节间而吹之，以为黄钟之宫。制十二筒以听凤之鸣，其雄鸣为六，雌鸣亦六。此黄钟之宫，而皆可以生之，是为律本。"青律，古以时令配乐律，代表春天的律管称青律。

2　帝里阳和新布：和煦的阳光遍布京城。帝里，京城。阳和，阳光和暖。

3　三五：指正月十五元宵节。

4　然绛树：彩灯挂满枝头，犹如火树燃烧。然，同"燃"。绛，深红色。

5　鳌（áo）山：这里指叠成山状的巨型彩灯。

6　当午：此指时当午夜。

7　绝缨掷果：指男女间不拘礼数、调情爱慕之举。绝缨，典出汉刘向《说苑·复恩》，言楚王与群臣夜饮，有臣子趁灯灭之时调戏王的美人，美人扯掉了他的帽缨，请求楚王清查。楚王却命所有臣子去掉帽缨，与群臣尽欢而散。三年后，楚与晋战，那个臣子在战场上英勇杀敌，以报楚王的恩德。掷果，据《晋书·潘岳传》记载："岳美姿仪，辞藻绝丽，尤善为哀诔之文。少时常挟弹出洛阳道，妇人遇之者，皆连手萦绕，投之以果，遂满车而归。"

8　康阜：安乐富庶。

9　随分：随处，随意，随缘。《诗词曲语辞汇释》："随分，犹云随便也，含有随遇、随处、随意各意。"

10　争忍：怎忍。

【解读】

　　正月十五元宵灯节，是中国人颇为重视的传统佳节。宋词中吟咏元宵节的作品不在少数，柳永此词尤其能体现当时元宵之夜的热闹场景与喜庆气氛。

　　开篇三句写春天来了，阳和新布，帝京一片明媚春光。这既点明了元宵节的时令，又给全词奠定了明快的感情基调。然后词人以"庆嘉节、当三五"直接点明此词为庆祝元宵灯节而作，接下来便集中笔墨描绘"列华灯、千门万户"的灯节盛况。"十里然绛树"、"鳌山耸、喧天箫鼓"等句，就是对各式花灯的具体描写。彩灯的盛多与华美、鼓乐的喧哗与热闹，突出了节日气氛的浓厚，为作者描写人们在节日里的喜庆活动营造了良好的氛围。"遍九陌、罗绮香风微度"，可见元宵节游人之众；"香径里、绝缨掷果无数"，则可见人们游兴之浓。在这样不拘礼法的场合下，"少年人、往往奇遇"，演绎出一段段浪漫情缘。这种花好月圆的人间美事，又增添了节日的喜气与温馨。作者沉浸在元宵节的狂欢图景之中，忍不住高声赞叹"太平时、朝野多欢民康阜"的美好生活。

辛弃疾在元宵佳节"蓦然回首"，看到的是"灯火阑珊"（《青玉案》），很有些"众人皆醉我独醒"的意味。而柳永则高呼"争忍独醒归去"，随俗俯仰，流露出世俗化的价值取向，这是他不同于清高型文人的地方。

曲玉管

陇首云飞[1]，江边日晚，烟波满目凭阑久。立望关河[2]，萧索千里清秋。忍凝眸[3]。　杳杳神京[4]，盈盈仙子[5]，别来锦字终难偶[6]。断雁无凭[7]，冉冉飞下汀洲[8]。思悠悠。　暗想当初，有多少、幽欢佳会，岂知聚散难期[9]，翻成雨恨云愁[10]。阻追游[11]。每登山临水，惹起平生心事，一场消黯[12]，永日无言，却下层楼。

【注释】

1　陇首云飞：典出梁朝柳恽《捣衣诗》："亭皋木叶下，陇首秋云飞。"陇首，山头。

2　关河：函谷关与黄河，此处泛指江山。《史记·苏秦传》："秦四塞之国，被山带渭，东有关河，西有汉中，南有巴蜀，北有代马，此天府也。"

3　忍凝眸：不忍凝神观望。

4　杳杳神京：遥远的京城。杳杳，遥远的样子。神京，指北宋都城开封。

5　盈盈仙子：体态婀娜的美女。盈盈，形容仪态美好。

6　别来锦字终难偶：分别后始终没有收到对方的书信。锦字，典出《晋书·窦滔妻苏氏传》："窦滔妻苏氏，始平人也,名蕙,字若兰,善属文。滔苻坚时为秦州刺史,被徙流沙,苏氏思之,织锦为回文旋图诗以赠滔。宛转循环以读之,词甚凄惋。"偶,遇见、碰上。

7 断雁无凭:始终没有书信寄来。古有鸿雁传书之说,详见《雪梅香》(景萧索)注释7。断雁,离群孤雁。

8 冉冉:慢慢地。

9 期:预料。

10 雨恨云愁:男女之间的离愁别恨。详见《雪梅香》(景萧索)注释5。

11 阻追游:受阻碍而不能一起追欢游乐。

12 消黯:黯然消魂。

【解读】

此词共分三叠,第一、二叠句式、平仄完全相同,第三叠方才换头,称为"双拽头"。与词的体式相适应,词的内容往往也是前两叠为一意,第三叠另作一意。

第一叠主要写眼前所见之实景。山头云彩飞扬,江边红日西沉、烟波渐起,作者凭栏观望,看到的是一幅高渺苍茫的清秋图景。将这幅图景延伸开去,千里关河,都是一派秋日的萧索,使人平添孤独落寞之感,以致不忍再凝眸而视。正因为秋天萧瑟的景物,触动了作者"忍凝眸"的观感,故而词章的第二叠追述了作者久久凭栏、凝眸而视的心理期待。他极目眺望,是想看到遥远的京城,看到京城里那令他日思夜想的意中人。唐宋诗文中的"仙子",

多指娼妓或女道士。不管对方是什么样的身份，都不妨碍作者对她真诚的爱情。然而自从离别之后，却得不到她的音信。故而"冉冉飞下汀洲"的离群孤雁，既使他那鸿雁传书的幻想破灭了，又使他沉浸在孤雁一样离群索居的寂寞中。前两叠由景写情，再由情观景，写尽了现实人生中作者的孤独与凄凉。

第三叠换头，以一句"暗想当初"转入回忆，将他与意中人相爱的欢娱、离别的愁苦细细道来。"阻追游"三字，道出了这场没有圆满结局的爱情带给作者的无限辛酸。由此生发开去，作者在登山临水之时，想起无数失意的"平生心事"，黯然神伤。词作从抒写特定的离愁别怨，变为抒发普遍的人生感慨，使词意得到升华。以"却下层楼"收束全词，与开篇的"凭阑久"相呼应，使得全词首尾贯通，内容丰富而结构紧密。

满朝欢

花隔铜壶[1],露晞金掌[2],都门十二清晓[3]。帝里风光烂漫,偏爱春杪[4]。烟轻昼永,引莺啭上林[5],鱼游灵沼[6]。巷陌乍晴,香尘染惹,垂杨芳草。　　因念秦楼彩凤,楚观朝云[7],往昔曾迷歌笑。别来岁久,偶忆欢盟重到。人面桃花,未知何处[8],但掩朱扉悄悄。尽日伫立无言,赢得凄凉怀抱。

【注释】

1 花隔铜壶:铜制的漏壶被花隔开。铜壶,此指古代计时的漏壶,以铜制成。

2 露晞金掌:承露盘中的露水已经被太阳晒干。晞,干。金掌,此处代指承露盘。《三辅黄图》:"汉武帝以铜作承露盘,高二十丈,大十围,上有仙人掌承露,和玉屑饮之以求仙。"

3 都门十二:长安城四面,每面开三个门,共十二门。此处代指整个京城。

4 春杪(miǎo):暮春。杪,树梢,引申为年月或四季的末尾。

5 上林:即上林苑,在长安,原为秦时禁苑,后经汉武帝扩建,是专供皇帝狩猎之所。后泛称禁苑为上林。

6　灵沼：周时池沼名，在长安二十里处。此处泛指宫中池沼。语出《诗经·大雅·灵台》："王在灵沼，于牣鱼跃。"

7　"秦楼"二句：为互文，总言妓院里的美女。秦楼、楚观，皆为妓女所居之处。彩凤、朝云，美人名。

8　"人面桃花"二句：心爱的女子不知哪里去了。唐孟棨《本事诗·情感第一》载：博陵崔护清明日独游都城南，至一户扣门求饮，有女子以杯水至。崔以言挑之，不对，目注者久之。崔辞去，送至门，如不胜情而入。崔亦睠盼而归，自后绝不复至。及来岁清明日忽思之，情不可抑。径往寻之，门墙如故而已锁扃之。因题诗于左扉曰："去年今日此门中，人面桃花相映红。人面只今何处去，桃花依旧笑春风。"后数日，偶至都城南，复往寻之。闻其中有哭声，叩门问之，有老父出曰："吾女甫笄知书，未适人，自去年以来，常恍惚若有所失。比日与之出，入归见左扉有字，读之，入门而病，遂绝食数日而死。"崔亦感恸，请入哭之，尚俨然在床，崔举其首，枕其股，哭而祝曰："某在斯，某在斯。"须臾开目，半日复活矣。父大喜，遂以女归之。

【解读】

柳永年轻时代，曾在京城看花走马、逐色征歌，有过一段非常率性浪漫的生活。这段日子，在他羁旅穷愁之时，常常成为他内心深处最大的精神安慰。尤其是那时与一些才貌出众的青楼女子之间的恋情，更是他难以忘怀的温馨回忆。故而当经过长期的漂泊重新回到京城，却发现旧欢不再时，柳永心中的失落可以想见。此词就反映了他的这种心境。

词的开篇描写"帝里风光"，笔调明朗。花枝影影绰绰，隔开铜漏；承露盘中的露水已经晒干——暮春三月的一个早晨，整个京城的风光就这样清清爽爽地呈现在词人面前，令他不禁感慨风景这边独好，产生偏爱之心。故而接下来词人就用白描的笔法，将白昼的轻烟、乍晴的巷陌、树林间飞鸣的黄莺、池塘里灵动的游鱼，以及被升腾的尘埃沾惹的垂杨芳草，一一加以描绘。字里行间，流溢着春天的勃勃生机，表达出词人由衷喜悦的心境。词人面对美景依旧，很自然地想起那些曾与他共度烂漫春光的青楼女子，想起那些令他深深迷恋的追欢买笑的岁月。别来已久，佳人是否依旧呢？无法忘记爱的盟言，于是重到丽人的住处寻访。然而朱门悄悄紧闭，徒然给人留下"人面只今何处去，桃花依旧笑春风"的遗憾。物是人非之感陡然充溢词人心中，使他"尽日伫立无言"，倍感凄凉。

此词上片写景，基调明快；下片怀人，情调感伤。上、下片形成鲜明对比，突出表现了词人心中强烈的物是人非之感。

凤衔杯

追悔当初孤深愿。经年价[1]、两成幽怨。任越水吴山,似屏如障堪游玩。奈独自、慵抬眼。

赏烟花[2],听弦管。图欢笑、转加肠断[3]。更时展丹青[4],强拈书信频频看。又争似[5]、亲相见。

【注释】

1 经年价:多年来。经年,年复一年。价,语气助词。

2 烟花:此处指妓女。唐黄滔《闺怨》:"塞上无烟花,宁思妾颜色。"

3 转加:更加。

4 丹青:此指画像。

5 争似:怎似。

【解读】

此词首句就直抒心意,表达了词人当初为了仕途前程,轻易离别心上人,羁旅在外的追悔之情。这场离别,因为时日蹉跎,造成了如今"两成幽怨"的局面。虽然他所到之处是风景优美的江南地区,"越水吴山"任意游玩,但因为内心既承受着与恋人离别的悔意,又感受着形单影只的凄凉，以致作者情绪不佳，懒得抬眼观看。为了排遣郁闷之情，他到花街柳巷寻欢作乐，希望能在声色犬马之中暂时忘怀离别的忧愁，结果却只是让人更加"肠断"，更加深深思念对方。于是他时时展看心上人的画像，频频阅读她的来信，以此慰藉孤寂的心灵。然而，看她的画像又怎么比得上与她本人相见呢？词作至此戛然而止，而作者与恋人之间曾有过的耳鬓厮磨的温存时光却跃然纸上，宣告作者排遣相思的种种努力以失败告终，作者那浓得化不开的相思之情也因此更为感人。

　　柳永词擅长直陈铺叙，此词就典型地反映了这一特色。词作开篇直接点明相思的主题，接着写他通过游山玩水、寻欢作乐等举动排遣相思的努力，靠看恋人画像与书信的方式慰藉相思的无奈，以及相思不仅没有得到缓解反而更加强烈的结局。通篇围绕"相思"展开，铺叙了作者的日常活动与心情变化，在读者面前展现了一个真实可信的痴情男子形象。

鹤冲天

闲窗漏永[1],月冷霜花堕。悄悄下帘幕,残灯火。再三追往事,离魂乱[2]、愁肠锁。无语沉吟坐[3]。好天好景,未省展眉则个[4]。　　从前早是多成破[5]。何况经岁月,相抛亸[6]。假使重相见,还得似、旧时么。悔恨无计那[7]。迢迢良夜。自家只恁摧挫[8]。

【注释】

1　闲窗漏永:闲置的窗户传来无休无止的更漏声。

2　离魂乱:心烦意乱。

3　沉吟:沉思之意。曹操《短歌行》:"但为君故,沉吟至今。"

4　未省展眉则个:不曾舒展紧皱的眉头。省,曾经。则个,语助词,意思与"着"、"者"相近。

5　从前早是多成破:从前的幸福时光早就已经完了。破,尽的意思。

6　抛亸(duǒ):抛开、丢下。

7　那(nuó):语助词,无实意。

8　摧挫:折磨。

【解读】

　　寂静长夜,更漏声声,似乎永无休止。闲置已久的窗前,只有女主人公孤独的身影。冷清的月光洒在地上,犹如铺上了一层严霜,更添清寒之感。悄悄放下帘幕,对着将残的灯火,那女子呆坐无语,如同一尊石刻的雕塑。在这青春貌美的大好时光中,为何她不曾有欢颜绽放?在这万籁俱静的漫漫长夜中,为何她不能安然入眠?多少个无眠的夜里,她似乎忘了世界的存在,整个人如同丢了魂儿,一味沉浸在对往事的回忆中。再美的风景、再好的时光,都不能让她舒展开紧皱的愁眉。因为,从前两情相悦、幸福美满的时光早就成为了过去。更何况经过长时间的分别,她早就被对方抛弃了。虽然她还念念不忘地期待着相逢的那一刻,然而就算能够重逢,对方还会像从前那样温柔地对待她吗?正因为对这份感情毫无把握,她才悔恨不已。可悔恨又有什么用呢?她所能做的,只是任由自己在不断的猜测与期待中,度过一个又一个凄凉的夜晚,在无尽的心灵折磨中,虚度自己的青春与人生。

　　此词以低沉、凄迷的笔调,本色、直白的语言,描写了一位女子对残破的爱情的痴痴留恋,对离弃了她的恋人的刻骨相思。因为这是一份无望的爱恋与思念,所以女主人公对这份感情的痴迷与执着,更惹人怜惜,更令人同情。

受恩深

雅致装庭宇[1]。黄花开淡泞[2]。细香明艳尽天与[3]。助秀色堪餐[4]，向晓自有真珠露[5]。刚被金钱妒[6]。拟买断秋天，容易独步[7]。　　粉蝶无情蜂已去。要上金尊[8]，惟有诗人曾许。待宴赏重阳[9]，怎时尽把芳心吐。陶令轻回顾。免憔悴东篱，冷烟寒雨[10]。

【注释】

1　雅致装庭宇：雅致的鲜花装点着庭院楼宇。

2　黄花开淡泞（zhù）：菊花淡泊地开放。淡泞，浅淡清澄。泞，清澈。

3　天与：上天赐予。

4　秀色堪餐：秀色可餐，形容妇女美貌或花木秀丽。晋陆机《日出东南隅行》："秀色若可餐。"

5　向晓自有真珠露：拂晓时上面自然凝结着珍珠般的露水。向晓，临晓。

6　金钱：金钱花的省称。白居易《牡丹芳》："石竹金钱何细碎，芙蓉芍药苦寻常。"

7　独步：超出同类之上，无与伦比。《慎子·外篇》："（蔺相如）谓慎子曰：'人谓秦王如虎，不可触也，仆已摩其顶，拍其肩矣。'慎子曰：'善哉，先生天下之独步也。'"

8　要上金尊：将菊花酒斟入金杯。要，邀。尊，同"樽"，古代盛酒的器具。

9　待宴赏重阳：重阳节时喝菊花酒。

10　"陶令"三句：言菊花可以得到陶渊明的眷顾，以免在东篱之下为冷烟寒雨所伤而憔悴不堪。陶令，指陶渊明，因他曾任彭泽令，故称。东篱，典出陶渊明《饮酒》诗："采菊东篱下，悠然见南山。"

【解读】

此词吟咏菊花。菊花开于草木衰萎、百花凋零的秋季，傲霜斗雪，清香宜人，文人雅士尤为喜爱。词人正是抓住菊花的这些特点，展开描述。开篇即说因为菊花开放，整个宅院都透露出"雅致"的气息，点出菊花高雅的特点。朵朵黄花，淡泊、清朗地绽开，那细细幽香、明丽姿色，如同上天的赐予，散发着天然的美丽与魅力。尤其是清晨那带露的花瓣，清新欲滴，令人感到秀色可餐。然而，尽管菊花如此高雅、秀丽，却招致了金钱花的妒忌，但她毫不畏缩，"拟买断秋天"，从容展示自己的芳姿，赢得了一身正气。因为她清丽、高贵，但不知献媚，所以也得不到蜂蝶的青睐，遭到了无情的抛弃。当她被酿制成菊花酒时，人们也多因其味淡而不喜，只有诗人曾经赞许。不过，词人并不悲观，因为他知道，等到重阳节的酒宴上，人人都要喝菊花酒，那时她的全部芳香就会被世人知晓，她也就能得到大家的赞赏了。像陶渊明那样的高雅之士，更会对菊花多加眷顾，使她避免在东篱之下憔悴、在"冷烟寒雨"中凋萎的悲剧命运。

　　此词看似句句紧扣菊花，但字里行间却透露出柳永的身世之感。菊花明艳高洁、骨气奇高，得到的却是嫉妒与抛弃，这与柳永才华出众却沦落不偶、屡考进士不中的命运，不是有某种相似性吗？而柳永在下片运用陶渊明"采菊东篱下"的典故，希望菊花得到有识之士的垂青、爱护的咏叹，不正表达了柳永希望得到上层人物的赏识、任用的心声吗？因此，此词可谓寄托深矣。与柳永词一贯直白铺叙的特色相比，此词深微隐曲，可视为"别调"。

看花回

屈指劳生百岁期[1]。荣瘁相随[2]。利牵名惹逡巡过[3],奈两轮、玉走金飞[4]。红颜成白发,极品何为[5]。　尘事常多雅会稀[6]。忍不开眉[7]。画堂歌管深深处[8],难忘酒琖花枝[9]。醉乡风景好,携手同归。

【注释】

1　屈指劳生:屈指掐算劳碌的一生。劳生,《庄子·大宗师》云:"夫大块载我以形,劳我以生,佚我以老,息我以死。"

2　荣瘁相随:指穷达相继,盛衰交替。苏轼《和三舍人省上》:"纷纷荣瘁何能久,云雨从来翻覆手。"

3　逡巡:顷刻,不一会。

4　奈两轮、玉走金飞:无奈时光飞逝。两轮,指太阳、月亮。玉,玉兔,代指月亮。金,金乌,代指太阳。

5　极品:这里指最高的官阶。

6　尘事:世俗琐事。

7　忍不开眉:怎么忍心不快乐。忍,这里指不忍。

8　画堂歌管:在雕梁画栋的厅堂中奏乐歌唱。管,管乐,这里泛指器乐。

9　琖:同"盏"。花枝:这里代指美丽的女子。

【解读】

　　柳永的大半生，都在追求功名，渴望通过"学而优则仕"的方式，实现自己的人生抱负。然而在这条人生道路上，柳永走得并不顺畅。因而在回首平生的时候，内心难免会泛起人生如梦的虚无之感。此词就写出了柳永反思人生时的感悟。

　　词的上片，柳永感慨时光易逝，人生短暂。就算能够长命百岁，在日月飞奔的时间长河中也不过是短短的一瞬。那么人应当怎样度过这极其有限的一生呢？这就是作者努力思考的问题。在此，作者首先否定了追名逐利的人生。他认为为了功名奔波劳碌一生，其结果往往是"荣瘁相随"，盛极必衰，繁华过后更加凄凉。随着时光的飞逝，功名利禄这些身外之物又如何能长久呢？就算最后能官居极品，风光无限，但却因此把生命中的大好时光都投入到名利场中勾心斗角、费尽心机，这样的人生又有什么乐趣可言呢？想到红颜易老，白发易生，以短暂的生命汲汲于俗世的功利真是无聊，所以作者在词的下片提出了他认为有价值有意义的人生方式。那就是，放下名利，放开怀抱，及时行乐。有歌舞升平，有佳人美酒，有一片放纵的天空，可以让他与心爱的人一起醉倒，这就是柳永忘怀俗世烦恼的方式，也是他受到现实生活打击时的避难所。柳永意识到生命的可贵，追名逐利的可笑，可见他人生态度中达观的一面。只是因此产生及时行乐的念头，却有些消极，但这也是柳永个性的真实写照。

两同心

伫立东风[1],断魂南国。花光媚、春醉琼楼,蟾彩迥[2]、夜游香陌[3]。忆当时、酒恋花迷,役损词客[4]。　　别有眼长腰搦[5]。痛怜深惜[6]。鸳会阻[7]、夕雨凄飞,锦书断[8]、暮云凝碧。想别来,好景良时,也应相忆。

【注释】

1 伫立:长时间站立。

2 蟾彩:月亮的光辉。古代神话以月中有蟾蜍,故称月为蟾。

3 香陌:这里指花街柳巷。

4 役损:劳损。这里指为酒色所伤。

5 眼长腰搦:眼睛大,腰肢细。搦,握,持,言腰肢轻细可一手握住。

6 痛怜深惜:深深地爱怜,惺惺相惜。

7 鸳会:比喻情人相会。

8 锦书:情人或妻子的书信。详见《曲玉管》(陇首云飞)注释6。

【解读】

这首词,是柳永对自己在南国一段冶游生活的回忆。

柳永喜欢出入花街柳巷，与歌妓们交情甚好。相传他死后歌妓们凑钱埋葬他的动人故事，正反映了他生前常跟歌妓们密切来往的事实。柳永此词更是亲笔记录了他的这种生活。

　　此词的上片，详述了柳永与群妓醉饮琼楼、夜游香陌的放荡生活。"忆当时、酒恋花迷，役损词客"，这段生活，虽然新鲜刺激，却也耗损了他的精神。因为柳永虽然狎妓，但他对妓女多不是抱着玩弄的态度，而是真诚地怜惜她们、爱恋她们。词的下片，就是写他与其中一位妓女的爱情故事。这位有着盈盈细腰、大大眼睛的美人，是他钟情的对象。但是"鸳会阻"的结局，却道出了这段感情面临的阻力以及他们离别两地的境况。然而作者真挚的爱情并没有因此褪色。离别之后，他常久久站立东风之中思念着这位女子，为他们的分离痛惜不已，以致所见到的夕雨、暮云，都因为他的心绪黯淡而蒙上凄迷的色彩。可见他对这份感情的认真与执着，并没有因为对方低微的身份受到影响。词的结尾，作者宕开一笔，从对方入手，设想离别之后，对方也会时时挂念着自己，可见这是一份两情相悦、心心相印的爱恋。爱情的力量，使他们超越了身份、地位等世俗观念的羁绊，让他们的感情因为纯粹而熠熠生辉，散发出动人的光芒。

女冠子

断云残雨。洒微凉、生轩户[1]。动清籁[2]、萧萧庭树。银河浓淡[3]，华星明灭[4]，轻云时度。莎阶寂静无睹[5]。幽蛩切切秋吟苦[6]。疏篁一径[7]，流萤几点，飞来又去。　　对月临风，空恁无眠耿耿[8]，暗想旧日牵情处。绮罗丛里[9]，有人人[10]、那回饮散，略曾谐鸳侣。因循忍便睽阻[11]。相思不得长相聚。好天良夜，无端惹起，千愁万绪。

【注释】

1　轩户：窗子，门户。

2　清籁：清朗的秋声。籁，从孔穴里发出的声音。

3　银河浓淡：银河或明或暗。

4　华星：闪耀着光辉的星星。

5　莎阶：长满莎草的台阶。

6　幽蛩切切秋吟苦：幽暗处的蟋蟀发出凄苦的悲吟。切切，形容声音轻微。白居易《琵琶行》："大弦嘈嘈如急雨，小弦切切如私语。"

7　疏篁：稀疏的竹林。篁，泛指竹子。

8　耿耿：形容心事重重。《诗经·邶风·柏舟》："耿耿不寐，如有隐忧。"

9　绮罗丛里：指女人堆里。绮罗，有花纹的丝织品，这里代指女人。

10　人人：对亲爱之人的昵称。

11　因循忍便睽阻：忍心这样长期分离阻隔。因循，沿袭不变，这里指长期如此。睽，乖离，违背。

【解读】

　　这是一首相思怀人之词。上片写景，下片抒情，层次分明。词的上片描绘雨后的秋夜图景，抓住秋夜最有特色的景物，从声、色等方面细细铺陈。天刚转晴，还有点滴残雨洒在窗棂之上，淅沥雨声给秋夜增添了几许凉意；庭院中的树木发出萧萧天籁之声，反衬出秋夜的清静；幽暗中蟋蟀的低低哀吟，如同诉说着秋夜的凄凉。银河、华星、轻云，给夜空铺上一层银白，台阶上的莎草、稀疏的竹丛、几点流萤，则是青色与绿色系列，这些色彩都属冷色调，给人清寒之感。上片对秋声、秋色的描绘，突出了秋夜清、静、寒、净的特色。冷清、爽净的夜景营造出生发怀人之思的浓郁氛围。所以下片以"对月临风，空恁无眠耿耿"换头，顺理成章转入抒写怀人之情。与上片写景时的极力铺陈不同，下片运用对比手法，将恋人间有过的"那回饮散，略曾谐鸳侣"的美好生活片段，与如今长时间"睽阻"现状对照，倾诉了作者饱受相思折磨的凄凉处境。因此，词人"相思不得长相聚"的苦恼才那样真切醒目，令读者感同身受。下片的抒情与上片的写景，也因此统一于全词清冷、凄寒的基调之下。最后，作者又以"好天良夜，无端惹起，千愁万绪"作结，贯通上片与下片，并点明题旨，使得写景抒情完美结合在一起。

传花枝

平生自负，风流才调[1]。口儿里、道知张陈赵[2]。唱新词，改难令，总知颠倒[3]。解刷扮[4]，能哄嗽[5]，表里都峭[6]。每遇著、饮席歌筵，人人尽道。可惜许老了[7]。　　阎罗大伯曾教来[8]，道人生，但不须烦恼。遇良辰，当美景，追欢买笑。剩活取百十年，只恁厮好。若限满[9]、鬼使来追，待倩个、淹通著到[10]。

【注释】

1　才调：犹才气，多指文才。《晋书·王接传论》："王接才调秀出，见赏知音。"

2　口儿里、道知张陈赵：意为善于讲唱古代游侠、能吏的故事。张陈赵，一说指代游侠，张衡《西京赋》："都邑游侠，张赵之伦，齐志无忌，拟迹田文。"一说指代能吏，孔稚珪《北山移文》："笼张、赵于往图，架卓、鲁于前箓。"其中张赵谓张敞、赵广汉，俱为西汉能吏。

3　颠倒：究竟，底细。

4　刷扮：梳妆打扮。

5　哄嗽：善于吞吐运气，唱工好。哄，吐气。嗽，吸气。

6　峭：俏丽，俊美。

7　许：这么。

8　阎罗：阎王，掌管阴曹地府的神。

9　限满：阳寿满，死期到。

10　待倩个、淹通著到：就请你深明事理，旷达一点来地府报到。倩，请求。淹通，深澈明达。著到，报到。

【解读】

词作开篇即道"平生自负，风流才调"，可见这是柳永作为风流才子，自述平生的作品。词的上片，柳永铺叙了他种种过人的艺术才能，如讲唱说书、填词谱曲、粉墨登场等等，形象地表现了他"风流浪子"的性格特征，也充分表达了他对自己才华的高度自信。在词的下片中，他更是以诙谐、夸张的笔调，述说了阎王大伯的教导——人生短暂，不必自寻烦恼，以此宣扬"追欢买笑"、放纵享乐的人生观。这种被传统道德轻蔑和否定的生活方式，却得到柳永的极度渲染和张扬。他如此过分地夸张自己的放荡生活，反而使人深切感受到，才华横溢的他，面对长期沦落不偶的命运，心中所郁积的愤懑和悲凉。因而，这是一篇能从笑中读出泪来的文字。无独有偶，元代大戏曲家关汉卿也曾以这样的文字控诉社会的不平。他在著名的散曲《南吕·一枝花》（不伏老）中，极力渲染自己作为"普天下郎君领袖，盖世界浪子班头"的放纵生活，并响亮地宣称"我是个蒸不烂煮不熟捶不扁炒不爆响珰珰一粒铜豌豆"，表现出他反抗黑暗现实的自觉意识和巨大勇气，与柳永此词在精神上有着密切的传承关系。不同时代的两大才子,却以同样的笔调抒发怀才不遇之感,从中可见封建时代人才被压抑、被扼杀的悲剧命运。

雨霖铃

寒蝉凄切。对长亭晚[1]，骤雨初歇。都门帐饮无绪[2]，留恋处、兰舟催发[3]。执手相看泪眼，竟无语凝噎。念去去[4]、千里烟波，暮霭沉沉楚天阔[5]。　　多情自古伤离别。更那堪、冷落清秋节。今宵酒醒何处，杨柳岸、晓风残月[6]。此去经年[7]，应是良辰、好景虚设。便纵有、千种风情[8]，更与何人说。

【注释】

1　长亭：路旁供行人休息的亭子。北周庾信《哀江南赋》："十里五里，长亭短亭。"

2　都门帐饮无绪：在京城郊外设帐饮酒饯别，心情黯淡。都门，指汴京。帐饮，又称露饮。在户外饮宴，用布帐围住，既防尘土，又防女眷为路人看见。无绪，没有心情。

3　兰舟：相传鲁班以木兰树刻作舟，故后世以兰舟为船的美称。

4　去去：走了又走，表示行程之远。

5　楚天：指行者所去的南方。

6　晓风残月：温庭筠《菩萨蛮》："江上柳如烟，雁飞残月天。"韦庄《荷叶杯》："惆怅晓莺残月。"词意与此相近。又此为名句，宋王明清《玉照新志》卷四载徽宗时都人有"晓风残月柳三变，滴粉搓酥左与言"之对。

7　经年：几年，若干年。

8　风情：柔情蜜意。

【解读】

　　据俞文豹《吹剑续录》记载："东坡在玉堂日，有幕士善歌，因问：'我词何如柳七？'对曰：'柳郎中词，只合十七八女郎，执红牙板，歌"杨柳岸、晓风残月"。学士词，须关西大汉，铜琵琶，铁绰板，唱"大江东去"。'"其中提到的"杨柳岸、晓风残月"正是柳永《雨霖铃》词中的名句。此词代表了柳永词最高的艺术成就，佳处并非只此一句。

　　此词旨在抒写离情。上片写作者与恋人临别时难舍难分的场景。首三句写离别时的景物，不仅点明了时令和地点，并通过"寒蝉"这一意象，描绘出秋天的萧瑟与凄凉，形象地渲染了作者离别时的凄楚心境。"都门帐饮无绪"更是直接抒写词人面对送别的美酒佳肴，食欲全无的情形。"留恋处、兰舟催发"写出了词人恋恋不舍的主观情感与催促开船的客观形势之间尖锐的冲突，下文"执手相看泪眼，竟无语凝噎"的离愁别恨才因此而更加触目惊心。写到"凝噎"，离别之痛已经无以复加。在情感的最高潮处，作者笔锋一转，写"千里烟波"、沉沉暮霭，由抒情到写景，由实写送别场景到虚拟别后情景，借景抒情,不仅形象地展示了他那深广如烟波、浓密如暮霭的离愁,同时也通过壮阔的景物描写使得词境顿开。下片以"多情自古伤离别"领起,告诉人们离别之伤痛,自古以来就是所有有情人的不幸,把个人遭遇升华为普遍的人生哲理。清人刘熙载在《艺概》中谈到:"词有点,有染。柳耆卿《雨霖铃》云:'多情自古伤离别。更那堪、冷落清秋节。今宵酒醒何处,杨柳岸、晓风残月。'上二句点出离别冷落,'今宵'二句乃就上二句意染之。点染之间,不得有他语间隔,隔则警句成死灰矣。"这几句词,正是成功运用了点染之法,描绘了一幅晓风拂岸柳、残月挂梢头的清丽画面,以其凄清、幽婉、寂寥、残缺的意境,衬托出作者绵邈的离情,冷落的客情。"此去经年"四句,作者直抒胸臆,表明今后的岁月里,任怎样的美景也打动不了自己,因为没有心爱的人与自己共享,仍以离愁收束全词。此词疏密有致,虚实相生,情、景、理交融一体,可谓字字珠玑,极具动人的艺术魅力。

定风波

伫立长堤,淡荡晚风起[1]。骤雨歇,极目萧疏,塞柳万株,掩映箭波千里[2]。走舟车向此[3],人人奔名竞利。念荡子[4]、终日驱驱[5],争觉乡关转迢递[6]。　　何意。绣阁轻抛,锦字难逢[7],等闲度岁[8]。奈泛泛旅迹,厌厌病绪[9],迩来谙尽[10],宦游滋味。此情怀、纵写香笺,凭谁与寄。算孟光[11]、争得知我,继日添憔悴[12]。

【注释】

1　淡荡:和舒貌。唐陈子昂《与东方左史虬修竹篇》:"春风正淡荡,白露已清冷。"

2　箭波:一说波浪湍急如箭;一说柳叶如箭,影映于地,好似波浪。

3　舟车:言水陆并进。

4　荡子:奔波在外的游子。

5　驱驱:不停地奔走。

6　争觉乡关转迢递:怎觉家乡已经变得遥远。争,怎。迢递,遥远的样子。

7　锦字:情人或妻子的书信。详见《曲玉管》(陇首云飞)注释6。

8　等闲:寻常,随意。

9　厌厌病绪：病后精神不振。绪，残余。《庄子·山木》："食不敢先尝，必取其绪。"

10　谙（ān）：熟悉。

11　算孟光：就算孟光这样的贤妻。孟光，梁鸿的妻子，侍鸿举案齐眉，被世人当作贤妻的典范。《后汉书·梁鸿传》："（梁鸿）每归，妻（孟光）为具食，不敢于鸿前仰视，举案齐眉。"

12　继日：连日。

【解读】

此词突出体现了柳永对宦游生活的厌倦。词人伫立长堤，在和缓的晚风中极目远眺，只见骤雨过后，河堤上柳树成行，掩映着千里水波滔滔奔流。面对满目萧疏之景，凄凉情绪很自然地涌上心头。他看到眼前过往的车马船只熙熙攘攘，人人都为"名利"二字四处奔忙时，不禁对人类社会这样的价值追求产生了深刻的怀疑。可自己恰恰也是这些"名利客"中的一员，为了功名利禄，"终日驱驱"奔波在外，远离家乡，更远离了家中美好的情感生活。故而词人以"何意"二字领起下片，令读者体会到他厌弃正统社会价值观，却又身不由己地深深悲凉。在他看来，没有长相厮守的欢乐，没有爱人的音信，只有"泛泛旅迹，厌厌病绪"的人生，毫无快乐与荣耀可言。因此，词人心情低落，对"宦游滋味"产生深深厌倦。然而，在柳永的时代里，谁不视"学而优则仕"为读书人的正途呢？说不定闺中的妻子正盼着他功成名就、光宗耀祖呢。虽然词人厌薄功名，愿意终老温柔乡里，可他就算有孟光那样著名的贤妻，也未必能理解他这样离经叛道的想法吧？故他的"憔悴"是因无法言说的寂寞、无人了解的孤独而生。词人对名利的批驳，及知音难觅的感叹，给这首于羁旅行役中相思怀人的词作增添了几许理性的光芒，引人深思。

慢卷䌷

闲窗烛暗，孤帏夜永，欹枕难成寐[1]。细屈指寻思，旧事前欢，都来未尽[2]，平生深意。到得如今，万般追悔。空只添憔悴。对好景良辰，皱著眉儿，成甚滋味。　　红茵翠被[3]。当时事、一一堪垂泪。怎生得依前[4]，似恁偎香倚暖[5]，抱著日高犹睡。算得伊家，也应随分[6]，烦恼心儿里。又争似从前，淡淡相看，免恁牵系。

【注释】

1　欹（qī）枕：斜倚着枕头。欹，倾斜。

2　都来：算来。

3　茵：垫子或褥子。

4　怎生得：怎么能。

5　似恁偎香倚暖：像那样与心爱之人相偎依。恁，那样。

6　随分：照样；照例。

【解读】

此词突出的特点在于以白描的手法、口语化的语言直抒胸臆，将词中主人公在相思情绪折磨下的行为、心理刻画得如在目前。

长夜独眠，主人公"欹枕难成寐"，辗转反侧之中，开始"屈指寻思"，这种种动作，将一个处在相思煎熬中的痴情人形象鲜明地展现在读者面前。接下来，是对主人公心理活动的描写，"旧事前欢"虽然美好但却短暂，让他觉得自己的一往情深没有着落，心中只留下"万般追悔"。因此他一身憔悴，对着"好景良辰"，都展不开眉头，觉得生活没有滋味。这些又是他追悔心情的具体外在表现。下片将过去"红茵翠被"的美好情事与如今空添憔悴的烦恼生活交叉表现，形成鲜明对照。因为曾经有过两情相悦的美满生活，所以他现在回忆起来不禁"垂泪"。而现实两相分离的失意处境，更增添了他对过去"偎香倚暖"美好生活的深情眷念，强烈向往着回到过去那段美好人生，并为着怎样才能回到从前而深深苦恼。在自己苦恼的同时，他又感受到对方也处在烦恼的境地。两情牵系的相思之苦，更使人体会到有情人不能终成眷属的痛苦，也更令主人公追悔不已。词的结尾认为只要两人能够常相聚，哪怕是淡淡相看的生活，也好过离别后互相牵挂，更是表达了有情人对平凡幸福生活的向往，极为恳切。

佳人醉

暮景萧萧雨霁[1]。云淡天高风细。正月华如水。金波银汉[2]，潋滟无际[3]。冷浸书帷梦断[4]，却披衣重起。临轩砌[5]。　素光遥指[6]。因念翠蛾[7]，杳隔音尘何处，相望同千里。尽凝睇[8]。厌厌无寐。渐晓雕阑独倚[9]。

【注释】

1　雨霁：雨过天晴。霁，雨后或雪后转晴。

2　金波银汉：月亮银河。金波，月光。《汉书·礼乐志·郊祀歌》："月穆穆以金波，日华耀以宣明。"注曰："言月光穆穆，若金之波流也。"银汉，银河，天河。

3　潋滟：弥漫相连貌。

4　书帷：书斋的帏帐，指代书房。

5　轩砌：屋前的台阶。

6　素光遥指：月光高照。素光，皎洁的光辉。晋左思《杂诗》："明月出云崖，皎皎流素光。"

7　翠蛾：女子细长的黛眉，常指代美女。

8　尽凝睇：极目凝望。尽，极力。凝睇，凝望。

9　雕阑：彩绘装饰的栏杆。

【解读】

　　此词刻画作者月下怀人的情景，其风格与词中的月光一样，清华高爽。

　　词的开篇写景。一场暮雨过后，云淡天高，有细细微风拂过。月亮升起来了，清明如水。天上银河无际，金波荡漾。这阔大浩瀚的夜空景象，极易引发人的无限遐想。而就在这样清冷爽净的夜里，阵阵寒意袭来，将作者从梦中冻醒。也许是做了一个与恋人相聚的美梦吧，梦醒后的作者久久难以入眠，于是披衣重起，走出书房，在台阶上仰望夜晚的星空。在那壮丽而又优美的自然环境中，生发出怀人之思。下片"素光遥指"紧承上片的景物描写，同时又将笔触转向月下怀人的主题。作者所思念的女子，已经与他"杳隔音尘"。但不管她身在何处，只要她也在抬头望月，他们不就沐浴在同样的月光下吗？纵然有千里之遥，只要仍在同一片星空下，作者就觉得两人之间的距离也不再那么遥远。难怪谢庄在《月赋》中有"隔千里兮共明月"的感叹，而苏轼在《水调歌头》中也发出"但愿人长久，千里共婵娟"的祝愿，夜空中那轮古老的明月给人太多的遐思与期待。此词的作者更是痴痴地凝望着它，一夜无眠，目送月轮西去，东方渐晓。

　　词作以写暮景开篇，写晨景作结，时间线索明晰。在夜空阔大苍茫的背景下写离愁别恨，更是拓展了词的境界，给人耳目一新之感。

迷仙引

才过笄年[1],初绾云鬟[2],便学歌舞。席上尊前,王孙随分相许[3]。算等闲、酬一笑,使千金慵觑[4]。常只恐、容易蕣华偷换[5],光阴虚度。

已受君恩顾,好与花为主[6]。万里丹霄,何妨携手同归去[7]。永弃却、烟花伴侣。免教人见妾,朝云暮雨[8]。

【注释】

1 笄（jī）年：古代女子十五岁算成年,称笄年。《礼记·内则》："女子……十有五年而笄。"笄,簪子。

2 初绾（wǎn）云鬟：刚刚绾结高高耸起的发髻。古代女子未成年时梳双髻,成年后合为隆起的云髻。

3 王孙随分相许：对富贵公子们要照例应酬。王孙,贵胄子弟。随分,照例。

4 "算等闲"三句：把他们看作一般人,一笑了之。即使他们千金相邀,也懒得看一下。觑,偷看。

5 蕣华：木槿之花,朝开暮谢。此处比喻女子容易消逝的青春年华。《诗经·郑风·有女同车》："有女同车,颜如舜华。"孔疏："舜,一名木槿……今朝生暮落者是也。"蕣,即舜。

6 好与花为主：应该为我做主。花,妓女自比。

7 "万里丹霄"二句：意谓两人当做一对神仙眷侣。《神仙传拾遗》言秦穆公以女弄玉妻萧史，"一旦，弄玉乘凤，萧史乘龙，升天而去"。

8 朝云暮雨：此处为朝三暮四之意。

【解读】

此词中，柳永以第一人称自述的口吻，代歌妓立言，真切地反映了当时妓女的生存状态、内心痛苦，以及她们对幸福生活的向往与追求。

柳永笔下的这名妓女，才满十五岁，刚到古人认为女性成年的年龄，就被迫学习歌舞，成为娼家牟利的工具。在歌筵酒宴之上，她因为色艺俱佳，赢得不少王孙公子的青睐。他们把她捧在手心上，为她挥霍钱财，不惜千金买笑。但这名女子并没有被眼前虚幻的荣耀冲昏头脑。她明白，王孙们爱的是她的青春美貌，而这些条件会随着时光的流逝而逐渐消失，到那时她就会因为虚度光阴而前景堪虞。正因为对自己的处境有着清醒的认识，所以这位女子对正常的感情生活充满渴望。整个下阕，就是表达她跳离火坑的愿望与决心。面对与她两情相悦的男子，她完全吐露出自己的心声，乞求这位男子为她做主，给予她渴望的家庭生活，让她永远离开现在屈辱的环境，使她真挚的情感有一个美满的归宿。虽然不知她所托付的男子是否能够理解她的心声、重视她的要求、珍惜她的爱情，这位女子企图摆脱被玩弄、被损害的境地，追求自由与尊严的勇气却令人肃然起敬。柳永在此,能够以同情的笔调,展现当时社会底层被侮辱被损害的弱势群体的生存处境与正当要求,这样的人道关怀也使他的思想熠熠生辉。

御街行

前时小饮春庭院。悔放笙歌散。归来中夜酒醺醺,惹起旧愁无限。虽看坠楼换马[1],争奈不是鸳鸯伴。　　朦胧暗想如花面。欲梦还惊断。和衣拥被不成眠,一枕万回千转。惟有画梁,新来双燕,彻曙闻长叹[2]。

【注释】

1　坠楼换马:指代美女。坠楼,《晋书·石崇传》:"崇有妓曰绿珠,美而艳,善吹笛。孙秀使人求之。……崇竟不许。秀怒,乃劝(赵王)伦诛崇、建。……遂矫诏收崇及潘岳、欧阳建等。崇正宴于楼上,介士到门。崇谓绿珠曰:'我今为尔得罪。'绿珠泣曰:'当效死于官前。'因自投于楼下而死。"换马,唐李冗《独异志》:"后魏曹彰,性倜傥。偶逢骏马,爱之,其主所惜也。彰曰:'余有美妾可换,唯君所选。'马主因指一妓,彰遂换之。"后世常以此典咏美妾与骏马。

2　彻曙:直到天明。

【解读】

古代的女子,身受多重束缚,活动的空间往往局限在狭小的闺房,所以描写女子的相思,多半表现女子独守空闺的寂寞、期待与哀怨,并名之以"闺词"、"闺怨"。然而写男子对女子的思念,就与"闺"字无缘,因为男子的活动天地更为广泛,他们的相思随处可以生发。柳永此词,所写的相思之情竟然滋生在词人宴饮青楼之际,在同类题材的作品中显得颇为"另类"。

词的上片,写词人从一场欢宴中归来的情景。"春庭院",既指明自然节候,又暗示词人所到之处是烟花之地。在青楼妓院追欢买笑,归来时还"悔放笙歌散",似乎表明词人沉迷于寻欢作乐、放浪形骸的生活,很难想象周旋于众多美艳女子中的他会与"情有独钟"这样的字眼相关。可偏偏,他以一句"虽看坠楼换马,争奈不是鸳鸯伴"宣明自己情感的归属——酒宴上能歌善舞的女子虽多,但都不是他心中惦念的那一个。这时候,读者才恍然大悟,词人并非贪恋欢场的美色,只是希望通过热闹的场景排遣相思的苦恼。但事与愿违,寻欢作乐反而惹起了他的"旧愁无限"。上片中,词人以逐色征歌的行为写他的痴情,出人意表,又真实可信,极为新颖。相对而言,下片写他对恋人的思念,如想与她在梦中相见,谁知梦又被"惊断",以致辗转反侧、难以成眠等相思的具体表现就流于一般化。可喜的是,结句不言自己思念之深重,而言"画梁双燕,彻曙闻长叹",以燕子双栖反衬人独眠,以燕子被扰暗示人因思念无法平静,饶有趣味。

归朝欢

别岸扁舟三两只。葭苇萧萧风淅淅[1]。沙汀宿雁破烟飞,溪桥残月和霜白。渐渐分曙色。路遥山远多行役[2]。往来人,只轮双桨[3],尽是利名客。　　一望乡关烟水隔。转觉归心生羽翼。愁云恨雨两牵萦[4],新春残腊相催逼。岁华都瞬息。浪萍风梗诚何益[5]。归去来,玉楼深处[6],有个人相忆。

【注释】

1　葭苇:芦苇。葭,初生的芦苇。

2　行役:因公务出外跋涉,亦泛指行旅之事。唐戴叔伦《将巡郴永途中作》:"行役留三楚,思归又一春。"

3　只轮双桨:坐车乘船。

4　愁云恨雨两牵萦:男女离别的愁恨萦绕在两人心头。云雨,详见《雪梅香》(景萧索)注释5。

5　浪萍风梗:如同水上的浮萍、风中的草梗,行踪不定。

6　玉楼:装饰华丽的楼房。李白《宫中行乐词》:"玉楼巢翡翠,金殿锁鸳鸯。"

【解读】

　　远处江岸边停靠着三两只小船，岸边的芦苇在淅淅风中发出萧萧响动。沙汀上的宿雁冲破晓烟飞去，残月和晨霜映衬着溪边的小桥，一片洁白。这是柳永以白描的笔法，绘出的一幅冬日水乡晨景图。这幅图画，色调清冷，景物清寒，与温庭筠《商山早行》中的名句"鸡声茅店月，人迹板桥霜"有异曲同工之妙。而这幅图画，也是柳永在起早贪黑的行役途中所见。冬日清寒的风景，不仅给人带来寒冷的生理感觉，同时给人凄冷的心理感受，容易引发人心中的种种思绪。柳永此词的下阕，就细腻刻画了他自己丰富的内心活动。

　　看到上阕描绘的烟水景象，柳永的第一感觉不是欣赏，而是不悦，因为这烟水阻隔了他的家乡。思乡的念头一起，他顿时归心似箭，恨不得能生出"羽翼"，飞向家中。家乡之所以那么令他挂怀，是因为有爱情的牵系。他与家中的妻子已经分离多时，两人不知度过了多少愁苦相思的日子。想到日子，他又感到时光飞逝，岁月逼人，而自己漂泊在外，一事无成，不禁叹老嗟卑。更重要的是，他在游宦生涯中体悟到名利对人的摧残，感到为此牺牲自己渴望的幸福，毫无意义。所以在词的结尾，他像晋宋之际著名的隐士陶渊明一样高呼"归去来"。只是陶渊明的归去，是归回田园，回到自然的怀抱；而柳永的回归，是回归"玉楼深处"，回到爱人的怀抱。在这里，也可以看出柳永是把感情当成他人生的归宿，心灵的栖息地。

采莲令

月华收,云淡霜天曙。西征客、此时情苦。翠娥执手送临歧[1],轧轧开朱户[2]。千娇面[3]、盈盈伫立,无言有泪,断肠争忍回顾。　　一叶兰舟,便恁急桨凌波去。贪行色[4]、岂知离绪,万般方寸[5],但饮恨,脉脉同谁语[6]。更回首、重城不见[7],寒江天外,隐隐两三烟树。

【注释】

1 临歧:来到岔路口。歧,岔道。

2 轧(yà)轧:象声词。唐许浑《旅怀》诗:"征车何轧轧,南北极天涯。"

3 千娇面:指千娇百媚的女子。

4 贪行色:心思都用在出行的事情上。行色,出行的状态。

5 方寸:本指心,这里指心绪、心思。《三国志·诸葛亮传》:"亮与徐庶并从,为曹公所追破,获庶母。庶辞先主而指其心曰:'本欲与将军共图王霸之业者,以此方寸之地也。今已失老母,方寸乱矣,无益于事,请从此别。'"

6 脉(mò)脉:默默地用眼神传情达意。

7 重城:指高大雄伟的城阙。

【解读】

　　词作以写景发端,用西落的月华、淡淡的云彩、满地的白霜以及刚刚穿透夜幕的几缕晨曦,营造出清冷、凄凉的送别氛围。此后以"西征客、此时情苦"一句直接抒情,点明词中的男主人公因为西出远门,正面临着离别的痛苦。接着,就是对这痛苦的送别场景的叙述:与他相爱的女子轧轧有声地打开家中的大门,一直紧拉着他的手,将他送到岔路口。不得不分别了,她还久久地伫立在路口,无语地凝视着爱人远去的身影,饱含依依不舍的离别之泪。这情景,比有声的挽留更令男主人公割舍不下,以致使他不敢回首,怕看到恋人那令人断肠的模样,他会完全丧失离别的勇气。上片写送别,笔墨集中在送行的女主人公身上。而下片写别后的心情时,则从男方下笔。男主人公乘着轻舟,凌波而去,但却不断抱怨轻快的船儿只会贪图赶路,不懂他心中的离愁别绪。他虽然有千万种留恋与不舍,却只能处在无人可以诉说的寂寞中。此时回首,恋人站立的地方早已看不见,视线内只有"寒江天外,隐隐两三烟树",让人遗憾,给人遐想。词作以写景作结,意境空灵蕴藉。

　　此词的主旨与作者那首著名的《雨霖铃》(寒蝉凄切)相近,都是围绕"离愁"二字展开。尤其是词的上片写送别的场景,与《雨霖铃》中"执手相看泪眼,竟无语凝噎"的细节有几分神似。但此词下片实写别后的忧伤,与

《雨霖铃》下片虚写对别后的想象有所不同。故而此词不似《雨霖铃》那样充满幻想的诗意，但却能将写景、抒情、叙事三者有机结合，将一场离别真实感人地展现在读者面前。

秋夜月

当初聚散[1]。便唤作[2]、无由再逢伊面。近日来,不期而会重欢宴。向尊前、闲暇里,敛著眉儿长叹。惹起旧愁无限。　　盈盈泪眼。漫向我耳边[3],作万般幽怨。奈你自家心下,有事难见。待信真个[4],恁别无萦绊。不免收心[5],共伊长远。

【注释】

1 聚散:分散。偏义复词,此处偏指"散"。

2 唤作:叫作,引申为"认为、以为"之意。

3 漫向:胡乱向。

4 待:《诗词曲语辞汇释》:"待,拟词,犹将也;打算也。"

5 收心:收束放荡之心。

【解读】

此词描述了一对情人分手后的一次邂逅,以第一人称自述的方式展开。词人开篇即说当初与恋人分手之后,就以为没有什么机会再与她相逢。没想到近日,却与她在酒宴之上"不期而会"。既然相会,不免把酒言欢,一团和气。谁知她与人同饮、周旋应酬之时还能强颜欢笑,一旦独对酒樽，略有空闲的时候，就忍不住紧皱眉头，深深叹息。毕竟曾经相爱过，她的这种情绪，也传染给了词人，惹起他的"旧愁无限"。同时，她的情绪似乎越来越难以控制，终于眼泪盈盈，开始不断在词人耳边倾诉自己的"万般幽怨"。词人面对这番景象，不免心下踌躇。因为当初分手，并不是词人的过错，而是她的心意不明朗，似乎另有打算，让词人觉得难以捉摸，以致两人断了情缘。不过听了她现在的一番真情告白，词人不由得又心软下来，重新泛起怜惜之情。于是词人打算，只要她这次是真个悔过，心里再也没有别的牵绊，他也保证自己会收起别的心思，与她一心一意，白头偕老。

此词直白地叙述了昔日恋人偶然相聚的场景，章法结构极其简单，然而对两个主角的举动、尤其是他们的心态的生动刻画，又使得词作复杂曲折。著名词学家任二北先生就称赞此词说："情节颇生动，在半信半疑、可圆可破之间。"（《敦煌曲初探·杂考与臆说》）此词确实真实再现了生活中男女之间复杂的情感状态，尤其是男子面对恋人破镜重圆时从抱怨、狐疑、不忍，到下定决心的过程，描绘得栩栩如生，从而达到"笔直而意曲"（李渔《窥词管见》）的动人效果。

婆罗门令

昨宵里,恁和衣睡[1]。今宵里,又恁和衣睡。小饮归来,初更过、醺醺醉。中夜后、何事还惊起。霜天冷,风细细。触疏窗、闪闪灯摇曳。　　空床展转重追想,云雨梦[2],任欹枕难继。寸心万绪,咫尺千里[3]。好景良天,彼此空有相怜意。未有相怜计。

【注释】

1　恁和衣睡:这样和衣而睡。恁,如此,这样。

2　云雨梦:男欢女爱的美梦。详见《雪梅香》(景萧索)注释5。

3　咫尺千里:指距离虽然很近,但很难相见,如同隔了千里之远。

【解读】

昨天晚上,是这样和衣而睡;今天晚上,又是这样和衣而睡——柳永就用这样通俗的句子来作词,而且放在他吟咏羁旅孤眠之佳什《婆罗门令》的开篇之处,出人意表。然而正是这样平白的语言、重复啰嗦的句式,一下子就把词人羁旅在外的简陋、孤苦、粗疏生活以及词人对这种生活的厌倦感呈现出来,鲜明突出。故这几句妙就妙在它的俗，它的啰嗦。因为生活单调而令人厌倦，所以词人企图以醉酒的方式忘记痛苦，换得一枕安眠。然而睡到半夜，还是惊醒过来。词人此处以"何事"发问，形象地道出了失眠之人的烦恼情绪。孤眠惊梦的事件讲述完之后，作者调转笔头写景，描绘"霜天冷，风细细。触疏窗、闪闪灯摇曳"的孤旅环境。霜天、冷风、疏窗、摇曳的残灯等意象，共同营造出一个凄寒的环境，很好地烘托了词人孤苦的处境。如果说词作开篇的笔法是大俗，此处写景之句却是大雅。大俗与大雅，在同一首词中融合无间，可见柳永运用语言的功力。既然已被惊醒，词人无法入眠。他在空荡荡的床上辗转反侧，反复追想着刚才与情人欢会的美梦。词的下片至此补充说明了词人惊醒后那么苦恼的原因，又进一步刻画了词人因好梦难继而产生的惆怅、失望心理。梦里与情人近在咫尺，梦醒后发现彼此远隔千里，这样鲜明的对照，怎不叫词人万分失落！故而他的"寸心"之中，承载着感情的千丝万绪，其沉重可以想知。结尾"彼此空有相怜意，未有相怜计"两句，点明了词人苦恼与辛酸的原因，更道出了有情人不能终成眷属的悲苦境况。词作因此在结尾处达到悲剧的高潮，撼人至深！

西平乐

尽日凭高目[1],脉脉春情绪[2]。嘉景清明渐近,时节轻寒乍暖,天气才晴又雨。烟光淡荡,妆点平芜远树。黯凝伫[3]。台榭好、莺燕语。

正是和风丽日,几许繁红嫩绿,雅称嬉游去[4]。奈阻隔、寻芳伴侣。秦楼凤吹,楚馆云约[5],空怅望、在何处。寂寞韶华暗度[6]。可堪向晚[7],村落声声杜宇[8]。

【注释】

1 凭高目:凭高远眺。

2 脉脉春情绪:默默地凝视,感受春天的气息。

3 黯凝伫:神色黯淡地呆立凝望。

4 雅称:素称,常说。雅,平素。《后汉书·张衡传》:"安帝雅闻衡善术学,公车特征拜郎中。"

5 "秦楼凤吹"二句:在妓院与心上人一起奏乐欢会。秦楼、楚馆,皆指妓女的居所。凤吹,原指笙箫等细乐,这里泛指乐器演奏。南朝孔稚珪《北山移文》:"闻凤吹于洛浦,值薪歌于延濑。"云,指男女欢爱之事。由"巫山云雨"省称而来。南唐冯延巳《菩萨蛮》词:"惊梦不成云,双蛾枕上颦。"

6 韶华:美好的青春年华。唐李贺《嘲少年》:"莫道韶华镇长在，发白面皱专相待。"

7　向晚：傍晚。向，将近。

8　杜宇：即杜鹃鸟，又名子规，相传为古代蜀国国君杜宇死后灵魂所化。啼声悲切，如在叫"不如归去"。

【解读】

清代著名学者王夫之在其《姜斋诗话》中提道："以乐景写哀，以哀景写乐，一倍增其哀乐。"柳永此词，就是"乐景写哀"的典型例证。

词的上片，写词人伫立高楼所见之景，春天的气息扑面而来。此时临近清明，美景渐多。春天的节候时寒时暖，天气忽晴忽雨，变化多端，富于生机。空旷的原野上，烟光交织相映，装点着平原上的青草与远方的树林，在词人眼前铺开一道广袤而又柔和的风景。近处的亭台楼榭，也富丽堂皇，更有莺莺燕燕在楼台之间飞翔，发出悦耳的鸣叫声。这幅富有生气的春天图画，却与词人"黯凝伫"的举动形成鲜明对照。尤其是这个"黯"字，与上述明丽的风光是那么不协调，因而显得分外醒目，词人的黯淡心境也就鲜明突出地刻画出来。从中，完全可以领会到"以乐景写哀"而倍增其哀的艺术效果。词的下片，仍然回到"乐景"之中。词人面对这样风和日丽、处处红花绿柳的良辰美景，也想到投身大自然的怀抱，尽情地嬉戏游玩。然而接下来却笔锋一转，点明昔日与自己一起花前月下的"寻芳伴侣"不在身边。以前琴瑟和谐的美满生活，如今无处可寻。那么，这样的美景对他还有什么吸引力呢。只有任由大好时光在寂寞中无声无息地流走罢。想到这些，傍晚时分村落里杜鹃鸟那"不如归去"的声声啼叫，更令人不堪承受。同样的，下片仍然将乐景与哀情相对比，以往日的欢乐团圆反衬今日的寂寞凄凉，很好地表达了相思的主题。

凤栖梧[1]

帘内清歌帘外宴。虽爱新声,不见如花面。牙板数敲珠一串[2],梁尘暗落琉璃琖[3]。　　桐树花深孤凤怨[4]。渐遏遥天,不放行云散[5]。坐上少年听不惯。玉山未倒肠先断[6]。

【注释】

1　《凤栖梧》,又有《鹊踏枝》、《蝶恋花》、《黄金缕》等名。此词别本调作《蝶恋花》。

2　牙板:演唱时打节拍所用之板。珠一串:形容乐声如珍珠一般圆润。白居易《琵琶行》:"嘈嘈切切错杂弹,大珠小珠落玉盘。"

3　梁尘暗落:形容歌声动听,余音绕梁。汉刘向《别录》:"鲁人虞公发声,清晨歌动梁尘。"

4　孤凤怨:如同孤凤的哀鸣,凄婉清越。

5　"渐遏(è)遥天"二句:即响遏行云,声音高入云霄,使云彩停止了流动,形容歌声嘹亮。

6　玉山未倒:座中的男子还没有醉倒。玉山,比喻男子之美。《晋书·裴楷传》:"楷风神高迈,容仪俊爽,博涉群书,特精理义,时人谓之'玉人',又称'见裴叔则(楷字)如近玉山,映照人也。'"又,《世说新语·容止》:"山公曰:'嵇叔夜(嵇康)之为人也,岩岩若孤松之独立;其醉也,傀俄若玉山之将崩。'"

【解读】

　　唐代诗人白居易的《琵琶行》、李贺的《李凭箜篌引》都是唐诗中描写音乐的名篇。而柳永这首词,正是借鉴了前辈诗人的成功经验,将有声的歌唱用无声的文字记录下来,使后世的读者在阅读中仿佛重新听到那美妙的乐声。

　　词的首三句,先描绘听歌的具体场景。作为帘外宴席上的宾客,词人与帘内的演唱者有一"帘"之隔,因而只能听到歌声,却看不到歌唱的女子。这虽然是一个遗憾,但同时又使词人将全部注意力集中于音乐本身,能够凝神欣赏这曲清歌。白居易在《琵琶行》里以"嘈嘈切切错杂弹,大珠小珠落玉盘"形容琵琶声的圆润,而此词用了同样的手法,以"珠一串"、"琉璃琖"来形容歌声的悦耳,如玉珠温润,如琉璃清脆,大有余音绕梁的动人艺术效果。歌唱由平和渐向高潮,这时给听众的感官也有所不同了。"桐树花深孤凤怨",化自李贺《李凭箜篌引》中"昆山玉碎凤凰叫"之句,但与箜篌的激烈高音相比,词人听到的歌唱是慢慢地走向高声部,那如诉如怨的歌声,如同桐花深处发出的孤凤之鸣,幽深曲折。这歌声,细密地渐渐升高,仿佛直上高空,抓住流动的云彩不放。李贺也以"空山凝云颓不流"形容李凭弹箜篌的动人效果,但柳永改换成"渐遏遥天,不放行云散",让歌声似乎有了生命和情感,更加形象。最后,词人从对歌声的描写回到演唱的现场，以听众的反映作结：坐上的少年公子没有被酒醉倒，已先为这哀怨的歌声断肠。这样就从歌者、歌唱的内容、听众三个角度全面细致地描述了这场演唱会，更从侧面赞扬了歌唱者的高超技艺。

凤栖梧

独倚危楼风细细。望极春愁[1],黯黯生天际。草色烟光残照里。无言谁会凭阑意。
拟把疏狂图一醉[2]。对酒当歌[3],强乐还无味。衣带渐宽终不悔[4]。为伊消得人憔悴[5]。

【注释】

1 望极:望尽。

2 疏狂:狂放不受约束。

3 对酒当歌:饮酒放歌。引用汉末曹操《短歌行》:"对酒当歌,人生几何?"

4 衣带渐宽:衣带渐渐变得宽松起来,指身形渐渐消瘦。

5 伊:第三人称代词,此处指她。

【解读】

近代著名学者王国维认为"古今成大事业、大学问者罔不经过三种之境界",并分别以三段宋词概括之。其中的第二境界为"衣带渐宽终不悔,为伊消得人憔悴",意思是做学问与做事业,都必须在选定目标之后,执着追求,用尽心力,方能成功。而这两句词,就是柳永《凤栖梧》的结句。

柳永原词，是一首相思怀人之作，以"衣带渐宽终不悔，为伊消得人憔悴"的赤诚，表达自己对爱情的痴迷与执着。但词人下笔，却并不从相思写起。整个上片，描绘的是他登楼远眺的场景，无一语涉及相思。词人独立高楼，在细细清风中凭栏远望。望极天涯，满目是连绵不绝的春草，而他那黯然消魂的春愁就如这萋萋芳草，无处不在。在夕阳暮霭笼罩下，草色烟光散发出一种凄迷的美丽。而词人无言独对这片旷野，内心的凄凉又有谁能了解。既然无人懂得他的忧愁与悲伤，词人只有自己想办法排遣愁闷。词的下片，就提到他为此而做的种种努力。他也曾想放纵自己，一醉解千愁。然而就算是痛饮放歌，终是强颜欢乐，毫无兴味可言。词章至此，读者看到的是一个在满怀愁绪中苦苦挣扎而不得脱身的男子。虽然不知道他为什么而忧愁，但对他的同情却油然而生。谁知词人在用尽篇幅充分渲染了他的愁苦心境之后，却喊出纵然受尽感情的折磨，也终不后悔的誓言，让词章在情感的最高潮处戛然而止，既点明题旨，又荡气回肠，余韵不绝。

法曲第二

青翼传情[1]，香径偷期[2]，自觉当初草草[3]。未省同衾枕，便轻许相将[4]，平生欢笑。怎生向、人间好事到头少。漫悔懊[5]。　　细追思，恨从前容易，致得恩爱成烦恼。心下事千种，尽凭音耗[6]。以此萦牵，等伊来、自家向道。洎相见[7]，喜欢存问[8]，又还忘了。

【注释】

1 青翼：青鸟，神话中的信使。《史记·司马相如传》引《大人赋》："亦幸有三足鸟为之使。"《史记正义》注："三足鸟，青鸟也。主为王母取食，在昆墟之北。"

2 香径偷期：从幽径偷偷去约会。香径，花间小道。

3 草草：草率，不慎重。

4 相将：相与；相共。

5 漫：空，白白地。杜甫《阁夜》："卧龙跃马终黄土，人事音书漫寂寥。"

6 音耗：音信，消息。

7 洎（jì）：及，到。

8 存问：问候。

【解读】

　　此词以女子的口吻、自述的方式，生动传神、饶有趣味地传达了一名女子的爱情心理。因为恋人不在身边，这位女子不满、猜疑、懊悔……心中万千情绪，以致开始反思她与恋人之间的这段感情，故词作从女子的追忆起笔。他们的爱情经历了暗通书信、偷偷约会等阶段，大有私订终身的味道。当时沉浸在恋爱的新鲜与刺激中，不觉有什么不妥。现在想来，当初太过草率了。自己还不懂得男欢女爱是怎么一回事，就轻率地答应将自己一生的幸福交托给他。从追忆回到现实处境中，女子慨叹人世间花好月圆的时候太少，面对如今劳燕分飞的情势，只有自己白白懊恼。她恼恨自己从前把爱情看得太简单、太容易，以致恩爱渐疏的时候，她毫无心理准备，为此烦恼不已。他为什么不来了？他心中有了别的女人吗？心中这许多念头多想一一告诉他知道，然而见不到他的人，只能凭借书信。可是这些复杂的心事，光凭书信又怎么能说得清楚？因此她的满腹心思，一直萦牵至今。于是女子发誓等他来了，一定要亲口向他兴师问罪，讨个公道。从中似乎可以看出，这个女子并非柔弱可欺之人，只怕她与恋人见面后，真会有一场计较呢。谁知情势直转急下：女子等到见了恋人的面，便满心欢喜，只顾对他嘘寒问暖，完全把要质问他的话给忘了。恋爱中的女人这些毫无逻辑可言的心理与行为，往往令人啼笑皆非，但这不正是爱情的真实情态吗？

愁蕊香引

留不得。光阴催促，奈芳兰歇[1]，好花谢，惟顷刻。彩云易散琉璃脆[2]，验前事端的[3]。

风月夜，几处前踪旧迹。忍思忆[4]。这回望断，永作天涯隔。向仙岛，归冥路[5]，两无消息。

【注释】

1 奈芳兰歇：无奈心爱的人离开了人世。芳兰，此处喻作者悼念的女子。歇，停止。

2 彩云易散琉璃脆：引用唐白居易《简简吟》诗成句："大都好物不坚牢，彩云易散琉璃脆。"

3 验前事端的：前面的事情真的验证了。端的，真个，确实。宋晏殊《凤衔杯》词："端的自家心下，眼中人，到处里，觉尖新。"

4 忍思忆：不忍思忆，不敢回想。

5 冥路：传说中的阴间路上。

【解读】

此词乃为悼念早逝的恋人而作。词作开篇即号呼"留不得"，语言直白而气势强烈，直接摹画出词人痛失所爱时捶胸顿足、悲恸欲绝的情态，奠定了全词悲怆的感情基调。这三个字，深情表达出词人无法理解恋人的青春夭折，更不能接受留她不得的事实，无限留恋、无限心伤，尽在其中。接下来，上片追叙恋人的夭亡。虽然字面上没有死亡等字样，但句句都围绕这一悲剧性的事实展开："光阴催促"，人生是那样短暂，美好的生命还没有完全舒展就已经结束。幽兰是芬芳的，花朵是娇美的，还有彩云、琉璃，都是那么光彩夺目的，然而这些美好的事物，顷刻之间就会消歇、凋谢、破碎。词人以比拟的手法，道出恋人的死亡，就像这些越美好的人或物，就越容易招致毁灭一样。语言委婉，表明词人不忍直言其亡，更添沉痛之感。下片直接抒发词人内心的悲哀之情。在微风拂面、皓月当空的夜里，词人又来到他们曾经相偎相伴、共同游赏过的地方，以此希望回到与恋人共度的美好时光。然而"前踪旧迹"，只是增添了他的物是人非之感，以致倍感心伤，不忍思忆。他终于不得不接受恋人离世的事实，明白他们已经天人永隔，就算望断天涯，也无法再次看到恋人的身影了。然而他的全部心思还是放在恋人身上，她是去了仙岛，还是归了地府？他苦苦思索。但他无法得到答案了，因为生者与死者，哪能互通消息呢？正因为如此，词人的追忆也更加沉痛。全词从头至尾，都激荡着悲怆的情绪。

卜算子

江枫渐老[1],汀蕙半凋[2],满目败红衰翠。楚客登临[3],正是暮秋天气。引疏砧[4]、断续残阳里。对晚景、伤怀念远,新愁旧恨相继。

脉脉人千里。念两处风情,万重烟水。雨歇天高,望断翠峰十二[5]。尽无言、谁会凭高意。纵写得、离肠万种,奈归云谁寄[6]。

【注释】

1 江枫:江边的枫树。典出宋玉《招魂》:"湛湛江水兮上有枫。"

2 汀蕙:水滩边的蕙草。汀,水边的平地。

3 楚客:古诗词里多指羁旅漂泊于楚地的迁客骚人,这里指词人自己。

4 疏砧:稀疏的捣衣声。砧,捣衣石。

5 翠峰十二:指巫山十二峰,乃宋玉《高唐赋》中神女与楚王欢会之所,详见《雪梅香》(景萧索)注释5。

6 归云:喻指离人的归心。晋潘岳《怀旧赋》:"仰睎归云,俯镜泉流。"

【解读】

此词首三句,写词人登临所见。江边的枫叶渐渐衰残,一片"败红";汀洲的香蕙枯萎过半,皆成"衰翠"。放眼望去,满目都是这样残败的风景。"楚客登临,正是暮秋天气",既道出前文所写景物是词人暮秋登临所见,又以"楚客"二字,点明词人的身份,乃是羁旅漂泊在楚地的游子。同时,"楚客"一词,常令人联想到屈原、宋玉等著名的迁客骚人,况宋玉《九辩》中就有"悲哉,秋之为气也"的慨叹,故这两句暗寓悲秋之意,失意之感。"引疏砧、断续残阳里"乃登临所闻。古代妇女每到秋天,就以砧杵捣练,制成寒衣寄送远行在外的亲人。词人面对衰飒的暮秋景象,已生凄凉之感,再听到这稀稀疏疏、断断续续传来的砧声,思归之情便油然而生。下文就以"伤怀念远"概括他的这种心情,道出本词题旨,并以"新愁旧恨相继"表明他的"伤怀念远"并非偶然,而是"旧恨"与"新愁"交织积累所致。词的过片就紧接上文,写"愁"、"恨"的由来。因为与相爱的人远隔千里,双方空有一腔柔情,却无缘相聚,亦无法倾诉。"雨歇天高,望断翠峰十二"既是对眼前秋景的真实写照,又运用巫山神女的典故,表明他与恋人之间男欢女爱的生活已经中断。既然所爱之人不在身边,词人如今寂寞独登台,自然引出"尽无言、谁会凭高意"的感叹。知心人与他相隔"万重烟水",就算他能将自己的"离肠万种"写成书信,又怎么能寄到她那里呢?故而词作到结尾处,仍是处于无法解脱的"伤怀念远"之中,主题十分突出。周济《宋四家词选》评价此词说"一气转注,连翻而下",可谓准确。

浪淘沙

梦觉、透窗风一线，寒灯吹息。那堪酒醒，又闻空阶，夜雨频滴。嗟因循[1]、久作天涯客。负佳人、几许盟言，便忍把、从前欢会，陡顿翻成忧戚[2]。　　愁极。再三追思，洞房深处，几度饮散歌阑，香暖鸳鸯被，岂暂时疏散，费伊心力[3]。殢云尤雨[4]，有万般千种，相怜相惜。

恰到如今，天长漏永，无端自家疏隔[5]。知何时，却拥秦云态[6]，愿低帏昵枕，轻轻细说与，江乡夜夜，数寒更思忆。

【注释】

1　因循：沿袭不变，这里指长期延宕。《史记·太史公自序》："其术以虚无为本，以因循为用。"宋司马光《答胡寺丞书》："京师日困俗事，因循逾年，尚未报谢。"

2　陡顿翻成忧戚：突然反而成了忧伤。翻，反而。

3　"岂暂时疏散"二句：能让我一时之间纵情任性，全都劳你费心。疏散，狂放不羁。唐皎然《杂兴》之六："疏散遂吾性，栖山更无机。"

4　殢云尤雨：指沉溺于男女欢爱。殢、尤，皆缠绵、亲昵之意。

5　无端自家疏隔：自己无缘无故地分离。疏隔，分离，离别。

6　秦云：即秦云楚雨，喻男女欢爱之事。

【解读】

这是一首三片的长调，描写词人孤馆夜半的羁旅相思，从中可见柳永词长于铺叙的艺术特点。上片描绘词人孤馆梦回的忧戚心境。以"梦觉"起笔，直言词人午夜梦回的愁苦情状。半夜酒醒，不能安眠，本已凄凉，谁知冷风又透过窗棂，吹熄寒灯，同时雨打空阶，滴滴答答，在寂静的夜里声音格外清晰，令人不堪忍受、倍感凄凉。这几句景物描写，从视觉、听觉两方面突出了环境的冷清凄寒，烘托了词人凄凉孤寂的心境。因此，词作接着就直接描述词人的心态：他为着自己漂泊在外，长期延宕，不能归去而嗟叹不已；更因为辜负了从前对佳人的山盟海誓而忧戚不止，再也感受不到"从前欢会"时的快乐心情。中片词人追忆过去两情相悦的欢娱生活。换头以"愁极"紧承上片，表明词人在极度愁苦之下，只能暂时用"再三追思"往昔的美好生活聊以自慰。词人截取当年在"洞房深处"，与恋人"殢云尤雨"的亲密生活片断加以描述，既突出了他们之间"深怜痛惜"的浓烈爱情，又以往昔"香暖鸳鸯被"的温馨反衬今日独眠的凄凉。下片写词人孤馆相思时对重逢的向往。词作以"恰到如今"四字，将笔触从过去拉回现实。词人只觉得眼前"天长漏永"，长夜漫漫，永无止境，因此对自己离开恋人出游后悔不已，同时也表达了他身不由己的委屈。故而他强烈向往与恋人重逢的心情也就更加真实可信。词人想象着他与恋人相依相偎，在枕边轻轻细说自己漂泊在外的日子里，如何夜夜数着寒更思忆她的情景，将他的相思之情推向高潮，词作也于此圆满收束。此词以时间为经，从现在到过去，再回到现在，又设想到将来，变化多端又线索明晰；以空间为纬，从孤馆到洞房，再回到孤馆。经纬交叉，多角度、多方位地展现了词人的相思心理，生动细腻，真切感人。

浪淘沙令

有个人人[1]。飞燕精神[2]。急锵环佩上华裀[3]。促拍尽随红袖举[4],风柳腰身。　　簌簌轻裙[5]。妙尽尖新[6]。曲终独立敛香尘[7]。应是西施娇困也,眉黛双颦[8]。

【注释】

1 人人:对亲爱之人的昵称。

2 飞燕精神:有赵飞燕那样的风采活力。飞燕,汉成帝宫人,初学歌舞,以体轻号曰飞燕。精神,风采神韵。

3 急锵环佩上华裀:踏上华丽的地毯时,身上的环佩发出急促的铿锵之声。华裀,华丽的地毯。裀,垫子或褥子。

4 促拍:唐宋曲子词中节奏急促的乐曲,也称急曲子。

5 簌簌:象声词,这里指衣裙抖动的声音。

6 尖新:新颖冒尖。

7 敛香尘:收住舞步。

8 眉黛双颦:黛眉紧皱。黛,青黑色的颜料,古时女子用以画眉,故常指代女子的眉毛。

【解读】

　　柳永此词,描写的是舞姿。舞蹈主要通过肢体动作,给人带来视觉的愉悦感。所以此词与闻歌不见人的《凤栖梧》(帘内清歌帘外宴)一词写法不同,所有笔墨都集中于舞蹈者的一举一动。词人一开篇,就抓住"飞燕精神"四个字,将这位舞者比拟为历史上以身轻体瘦、擅长舞蹈而著名的赵飞燕,将她长袖善舞的形象树立起来。接着描绘整个舞蹈的过程。在华丽的地毯上,舞者身上的环佩随着节奏铿锵有声地振动,颇有韵致,由此可以想见舞蹈者那合着节拍的动作是何等美妙。渐渐接近高潮,舞曲转急,舞者红袖飞举,旋转的身姿让人觉得她好像风中的柳枝,腰身柔软得似乎可以飘起来。她那轻柔的舞裙,也随着她的动作发出簌簌的声音。到此,舞蹈者高超的舞技已经令人叹服。词人再以"妙尽尖新"四字总括之,表明她的舞蹈新颖冒尖,技艺首屈一指。曲终之时,舞者以一个单脚独立的姿势摆出造型,而就在这时,词人细致地观察到她微微皱着双眉,于是在结句揣测到"应是西施娇困也"。这种体贴,既表明这个舞蹈难度相当大,舞者为此付出了辛勤的劳动,又可见词人对当时地位卑微的舞女的尊重与关心。故结句虽然只写了舞者的一个细微表情,却表现出词人的人道情怀。此词也因此超越了单纯的物态描摹,而展现出鲜明的个性。

古倾杯

冻水消痕[1]，晓风生暖，春满东郊道。迟迟淑景，烟和露润，偏绕长堤芳草。断鸿隐隐归飞[2]，江天杳杳。遥山变色，妆眉淡扫[3]。目极千里，闲倚危楼迥眺[4]。　　动几许、伤春怀抱。念何处、韶阳偏早[5]。想帝里看看，名园芳树，烂漫莺花好。追思往昔年少。继日恁[6]、把酒听歌，量金买笑[7]。别后暗负，光阴多少。

【注释】

1 冻水：冰。

2 断鸿：孤鸿，失群的鸿雁。

3 妆眉淡扫：典出杜甫《虢国夫人》："却嫌脂粉污颜色，淡扫蛾眉朝至尊。"

4 迥眺：远望。迥，远。

5 韶阳：明媚的阳光。唐皇甫冉《东郊迎春》："律向韶阳变，人随草木荣。"

6 继日恁：日复一日都这样。恁，这样。

7 量金买笑：花钱博得美人一笑，此指青楼狎妓的生活。

【解读】

　　春回大地，冬天的残雪消融了，和煦的东风吹来丝丝暖意，词作开篇即描绘出一派美好亮丽的春日图景。郊外日影迟迟，朦胧烟霭笼罩着长堤芳草，又给这幅春景增添了几许迷离。再放眼远望，江天杳杳，遥山如黛，隐隐有孤鸿的身影，更给画面增添了几分苍茫。词人以"目极千里，闲倚危楼迥眺"收束上片，告诉读者上述景物都是他倚楼远眺时所见的风景。这片风景，由明媚亮丽转为迷离苍茫，正反映了词人当时心绪的逐渐变化——由乍见春回大地时的欣喜转变为独对美景时的感伤。因而词的下片自然引出了他的伤春怀抱。面对眼前的大好春光，他的思绪却飞回了遥远的帝京，仿佛看到了那里春光烂漫的风景，更仿佛回到了曾经在那里度过的美好青春。那追欢买笑、逐色征歌的诗酒生涯虽然不免轻狂之嫌，却是词人个性最为舒展的岁月，故而令他念念不忘。也因此，他感到如今的游宦生活毫无意义，不过是在辜负美好的时光。

　　词作上片写景，下片抒情，层次清晰，衔接自然。然而写景抒情并非截然两分，而是于景色变化中暗寓情绪变化，景物的色调由明朗转为暗淡，暗示着情绪的变化也是如此。然后词作再由写眼前的春光转入写帝里春光，自然过渡，不露痕迹地转入情感的抒发，可见词人用笔之高妙。

倾 杯

离宴殷勤[1]，兰舟凝滞[2]，看看送行南浦[3]。情知道世上，难使皓月长圆，彩云镇聚[4]。算人生、悲莫悲于轻别[5]，最苦正欢娱，便分鸳侣。泪流琼脸[6]，梨花一枝春带雨[7]。　　惨黛蛾[8]、盈盈无绪。共黯然消魂[9]，重携素手，话别临行，犹自再三、问道君须去。频耳畔低语。知多少、他日深盟，平生丹素[10]。从今尽把凭鳞羽[11]。

【注释】

1　殷勤：恳切的情意。司马迁《报任少卿书》："趣舍异路，未尝衔杯酒，接殷勤之余欢。"

2　凝滞：停止前进。

3　南浦：泛指送别之地。屈原《九歌·河伯》："子交手兮东行，送美人兮南浦。"

4　镇聚：时常相聚。镇，时常。

5　悲莫悲于轻别：悲伤的事情莫过于轻率离别。语出屈原《九歌·少司命》："悲莫悲兮生别离，乐莫乐兮新相知。"

6　琼脸：光洁如玉的脸庞。

7　梨花一枝春带雨：形容美人流泪。引用白居易

《长恨歌》"玉容寂寞泪阑干,梨花一枝春带雨"中的成句。

8　惨黛蛾:双眉紧锁,脸色凄惨。

9　黯然消魂:沮丧伤心。引用南朝梁江淹《别赋》:"黯然消魂者,唯别而已矣。"

10　丹素:用丹笔写于素帛之上,这里指情书。《宋史·孟昶世家》:"丹素备陈于翰墨,欢盟已保于金兰。"

11　凭鳞羽:凭着鱼雁传书。鳞代指鱼,《乐府诗集·饮马长城窟行》:"客从远方来,遗我双鲤鱼。呼儿烹鲤鱼,中有尺素书。"羽指代鸿雁,鸿雁传书之典详见《雪梅香》(景萧索)注释7。

【解读】

此词集中笔墨描绘一个送别场景,栩栩如生地刻画了一位女子为心上人送行时的种种情态,生动地反映出恋人分离时依依不舍的深情。

离别的宴席上,女子殷勤劝酒,情意恳切,虽然她万分不愿分离,但远行的兰舟已经泊在渡口,恋人眼看就要离去!接下来,是对女子心理活动的细致刻画。天上的明月不可能只圆不缺,流动的彩云不可能只聚不散,女子在心中用这样的例子宽解自己。但有什么用呢?此时此刻,她仍深切感受到人生最悲伤的事莫过于别离,尤其是两情相悦的恋人之间乍然分离。"泪流琼脸,梨花一枝春带雨"则是她悲哀的外在表现,流泪的她如同一枝带雨的梨花,楚楚生怜，令人觉得这场离别对她是莫大的摧残。然而，即便她满脸愁容，黯然消魂，也留不住恋人离去的脚步。于是只得与恋人携手话别，但她仍忍不住再三追问"一定要走吗"，其实她发给恋人的信息为"不走可以吗"。可见在最后的关头，她还在企图挽留恋人，深挚的情意于此表露无遗。当最后的努力也改变不了恋人即将离去的事实时，她便不断地在恋人耳畔低语，试图把所有的海誓山盟印刻在恋人心中。不仅如此，她还打算分别之后，把这些情意用书信传递给对方。从送别的悲哀到临别的挽留再到别后的设想，女子心中浓厚的感情就这样有层次地展现出来，真实感人。

破阵乐

露花倒影,烟芜蘸碧,灵沼波暖[1]。金柳摇风树树,系彩舫龙舟遥岸。千步虹桥[2],参差雁齿[3],直趋水殿[4]。绕金堤、曼衍鱼龙戏[5],簇娇春罗绮[6],喧天丝管[7]。霁色荣光[8],望中似睹,蓬莱清浅[9]。　　时见。凤辇宸游[10],鸾觞禊饮[11],临翠水、开镐宴[12]。两两轻舠飞画楫[13],竞夺锦标霞烂[14]。馨欢娱[15],歌《鱼藻》[16],徘徊宛转。别有盈盈游女,各委明珠,争收翠羽,相将归远。渐觉云海沉沉,洞天日晚[17]。

【注释】

1 灵沼:此处特指东京皇家的金明池。

2 虹桥:拱桥。唐上官仪《安德山池宴集》诗:"雨霁虹桥晚,花落凤台春。"

3 雁齿:如雁行排列有序。白居易《新春江次》诗:"鸭头新绿水,雁齿小红桥。"

4 水殿:建于水上的亭榭。

5 曼衍鱼龙戏:古代百戏的一种,以巨兽与鱼龙为道具进行表演。《续资治通鉴·宋太宗雍熙元年》:"作山车、旱船,往来御道,为鱼龙曼延之戏。"曼衍,曼延。东汉张衡《西京赋》:"巨兽百寻,是为曼延。"《文选》

薛综注:"作大兽长八十丈,所谓鱼龙曼延也。"

6 罗绮:质地柔软、图案精美的丝织品。此处代指美女。

7 丝管:弦乐器与管乐器,泛指音乐。

8 荣光:五彩云气,古人认为是吉兆。《南齐书》:"永明中,天忽黄色照地,众莫能解。摛(王摛)云是荣光。世祖大悦,用为永阳郡。"

9 蓬莱清浅:此处形容金明池的优美风光。典出晋葛洪《神仙传·麻姑》:"麻姑自说云:'接待以来,已见东海三为桑田。向到蓬莱,水又浅于往者会时略半也。岂将复还为陵陆乎?'"蓬莱,海中仙山。

10 凤辇宸游:帝王坐着车子巡游。凤辇,帝王的车子。唐沈佺期《奉和幸韦嗣立山庄侍宴应制》诗:"龙旂荣秀木,凤辇拂疏筠。"宸游,皇帝出游。宸,帝王的居所,代指帝王。

11 鸾觞禊饮:饮酒宴集。鸾觞,刻有鸾鸟图案的酒杯。宋郑獬《觟记注》:"嵇叔夜刻杯为鸾鸟之形,名曰鸾觞。"禊饮,古时风俗,农历三月三日于水边灌濯以祓除妖邪,其时的宴饮为禊饮。禊,祓除妖邪的祭祀名。

12 镐宴:指御宴,言君臣欢宴。典出《诗经·小雅·鱼藻》:"王在在镐,岂乐饮酒。"郑玄笺:"天下平安,万物得其性。武王何所处乎?处在镐京,乐八音之乐,与群臣饮酒而已。"

13 舠(dāo):刀形小船。刘勰《文心雕龙·夸饰》:

"是以言峻则嵩高极天,论狭则河不容舠。"

14　竞夺锦标霞烂:竞争夺取彩霞般灿烂的锦标。唐宋有竞渡夺标之俗。锦标,锦制之旗,用以奖励竞赛得胜之人。

15　罄:尽。

16　鱼藻:《诗经·小雅》中的一篇,是赞美周朝天下太平的颂歌。

17　洞天:原指仙人居住的洞府,此指游乐之所。

【解读】

北宋名臣范镇曾经说:"仁宗四十二年太平,镇在翰苑十余载,不能出一语歌咏,乃于耆卿词见之。"(祝穆《方舆胜览》卷十一引)范镇认为柳永写出了仁宗年间社会的太平景象。这首《破阵乐》,正是柳永众多描写太平景象的词作之一。

此词描绘的是上巳节汴京金明池的节日盛况。古时有农历三月三日于水边灌濯以祓除妖邪的风俗,称为上巳节,人们纷纷借此机会游春。因为这个节日与水有关,所以词的首三句描绘水边风景:池塘边鲜花带露,绿草含烟,倒影清晰地映照在暖波荡漾的池水中。开篇就道出金明池的清澈明净,以及周边景物的美丽清新,把读者带到柔和而生气盎然的春日风光里,使全词在明丽温润的基调下展开。难怪此词一出,首句就成了柳永的专利而倍受赞誉,当时有"山抹微云秦学士,露花倒影柳屯田"之称

（叶梦得《避暑录话》卷下）。"金柳摇风"两句，点明供人们游玩的龙舟画舫早已经准备好，隐隐透露出热烈的节日气氛。然而词作并不就此叙述游玩场面，而是夸赞"千步虹桥"雄跨金明池上的跃然若飞之气势，为游乐活动提供了阔大的背景空间。这样广阔的天地里，盛大的游乐场面出现了：花样众多的百戏，新鲜神奇；身着罗绮的娇娃美女，唱歌跳舞，声闻九霄。目睹此情此景，让人觉得仿佛置身蓬莱仙境。这样盛大的节日里，君王率领群臣来到金明池，临水摆开节日的盛宴。池中开始了划船比赛，一队队小船飞奔向前，夺取锦标。如此欢娱的气氛中，大家怎会不由衷歌颂天子圣明、天下太平呢？如果只有君臣同乐，还不是柳永笔下的繁华景象。词人没有忘记普通士庶的赏玩活动，刻画了"盈盈游女"或以明珠与恋人定情，或收拣翠羽以为饰物的种种情态，以及她们在沉沉暮色中相将归去的情景。词作以"洞天日晚"作结，再次把热闹过后的金明池比作神仙洞府，与上片收束处的"蓬莱清浅"相呼应。词人认为有了这样繁华的景象，人间不输仙境。

双声子

晚天萧索,断蓬踪迹,乘兴兰棹东游[1]。三吴风景[2],姑苏台榭[3],牢落暮霭初收[4]。夫差旧国[5],香径没[6]、徒有荒丘。繁华处,悄无睹,惟闻麋鹿呦呦[7]。　　想当年、空运筹决战,图王取霸无休[8]。江山如画,云涛烟浪,翻输范蠡扁舟[9]。验前经旧史[10],嗟漫载、当日风流[11]。斜阳暮草茫茫,尽成万古遗愁。

【注释】

1　兰棹:对桨的美称,这里指代船。

2　三吴:苏州、常州、湖州合称为三吴。

3　姑苏:山名,在江苏吴县西南,又称姑胥、姑余。姑苏台在其上。

4　牢落:寥落,荒废。司马相如《上林赋》:"牢落陆离,烂漫远迁。"

5　夫差旧国:指苏州,春秋时吴王夫差曾建都于此。

6　香径:苏州名胜采香径的省称。《太平寰宇记》引《吴地记》:"吴王遣美人采香于此山,以为名。故有采香径。"

7　呦(yōu)呦:鹿鸣声。《诗经·小雅·鹿鸣》:"呦呦鹿鸣,食野之萍。"

8　图王取霸：图谋称王天下，争霸诸侯。

9　翻输范蠡扁舟：反而不如范蠡功成身退，泛舟五湖。范蠡，春秋时楚人，仕越，曾助越王勾践灭吴。

10　验前经旧史：查验以前的经书史书。

11　风流：此指杰出的功业。

【解读】

这是一首怀古词，乃词人漫游姑苏时所作。首三句，以"晚天萧索"点明游历的时间；"断蓬踪迹"则表明词人四处漂泊的命运。此情此景，为全词奠定了冷落感伤的情感基调。词的上片，主要写吴地如今的荒凉残破之景：吴王夫差当年修筑的姑苏台榭，笼罩在沉沉暮霭之中，一派残败的景象。这片昔日曾为吴国都城的土地上，如今繁华不再，惟有荒丘及呦呦鸣叫的麋鹿。鲜明的今昔对比，使兴亡之感顿生，故词的下片自然转入抒怀古之情。据说伍子胥曾劝谏吴王夫差，而吴王不用，于是发誓说："臣今见麋鹿游姑苏之台也。"（《史记·淮南衡山列传》）词人便是以"麋鹿"这一代表着江山衰败的意象，收束上片"抚今"的内容，开启下片"追昔"的过程。当年吴、越两国为了争夺霸主地位，在这一带征战不休，各逞意气。尤其是吴王夫差与越王勾践之间的斗争，富有戏剧性，令后人嗟叹不已。昔日的辉煌，虽然载入史册，似乎意义重大，实则不过一场空！倒不如功成身退、乘着扁舟泛游五湖的范蠡大夫，能够放下名利，终于达到了自由的人生境界。所有的兴衰成败，都已成为历史。作为后人，只能对着斜阳暮草、茫茫大地，感慨万古遗愁，那么对于所谓的功业，是否真的值得人们不顾一切去追求呢？词人在此作出了深邃的思考。通过今昔对比，不局限于就事论事地评判历史，而是能对历史作出理性的判断，这是词人目光独到之处。此词也就以其阔大的境界、深沉的历史感、睿智的理性光芒，成为怀古词中的佳作。

内家娇

煦景朝升[1],烟光昼敛,疏雨夜来新霁。垂杨艳杏,丝软霞轻,绣山芳郊明媚。处处踏青斗草[2],人人睠红偎翠[3]。奈少年、自有新愁旧恨,消遣无计。　　帝里[4]。风光当此际。正好恁携佳丽。阻归程迢递。奈好景难留,旧欢顿弃。早是伤春情绪,那堪困人天气。但赢得、独立高原,断魂一饷凝睇[5]。

【注释】

1 煦景:和煦的太阳。景,太阳,阳光。

2 踏青斗草:春天到野外观光游戏。详见《斗百花》(煦色韶光明媚)注释3、4。

3 睠红偎翠:眷恋红花绿草。睠,同"眷"。

4 帝里:京城。

5 断魂一饷凝睇:用片刻时间凝视远方,无限情伤。断魂,形容情深或哀伤。一饷,片时。

【解读】

此词的主题与《古倾杯》(冻水消痕)相同,是羁旅行役中的怀人之作,但两词在写作手法上各有特色。与《古倾杯》词以景物描写烘托人物情绪变化的手法不同,此词最突出的写作手法是对比。

词的上片，首先描绘了一幅明媚宜人、充满朝气的春日图景：阳光初升，烟霭消散，雨后新晴的天气里，空气格外清新，景物格外秀丽，绿杨红杏相映成趣。这样的美景，吸引了无数游人来到野外踏青游玩，沉浸在热闹的春天之中。而这样欢快、明朗的春天，却与作者"新愁旧恨，消遣无计"的黯淡心绪形成鲜明对比。相形之下，作者落落寡欢的郁闷心情格外醒目。词的上片写现实中的景物与心境，下片则宕开一笔，写想象中的帝里风光。在作者心中，他眷恋不已的京城此刻也繁花似锦，游客如云。如在往常，他会陪伴佳人一起踏青，一起共度良辰美景。但当作者的思绪从美好的想象又回到现实处境时，只有望迢递之归程而兴叹，感慨旧欢如梦而已。下片中，帝里风光与"伤春情绪"等句形成鲜明对比，进一步揭示了作者"新愁旧恨"的具体内容。上、下片各以其鲜明的对比突出表现了作者羁旅在外的黯淡心境。而"但赢得"等句，与上片结尾呼应，"断魂一饷凝睇"正是"消遣无计"的注脚。故全词虽然上、下片均用对比手法，又能和谐地统一在一起。

二郎神

炎光谢[1]。过暮雨、芳尘轻洒。乍露冷风清庭户,爽天如水,玉钩遥挂[2]。应是星娥嗟久阻[3],叙旧约、飙轮欲驾[4]。极目处、微云暗度,耿耿银河高泻[5]。　　闲雅。须知此景,古今无价。运巧思、穿针楼上女[6],抬粉面、云鬟相亚[7]。钿合金钗私语处[8],算谁在、回廊影下。愿天上人间,占得欢娱,年年今夜。

【注释】

1 炎光谢:炎热的阳光已经消退。

2 玉钩:比喻上弦月,其形如钩。

3 星娥:指织女。唐李商隐《海客》:"海客乘槎上紫氛,星娥织罢一相闻。"

4 飙轮:御风以行的神车。

5 耿耿:明亮的样子。

6 穿针楼上女:南朝梁宗懔《荆楚岁时记》记载:"七月七日为牵牛、织女聚会之夜。是夕,人家妇女结彩楼,穿七孔针,或以金银鍮石为针,陈瓜果于庭中以乞巧。"

7 亚:通"压",低垂的样子。

8 钿合金钗私语处:情人私下密谈,互赠信物。典出唐陈鸿《长恨歌传》，言唐明皇与杨贵妃"定情之夕，授金钗钿合以固之"。白居易《长恨歌》诗亦云："惟将旧物表深情，钿合金钗寄将去。钗留一股合一扇，钗擘黄金合分钿。但令心似金钿坚，天上人间会相见。临别殷勤重寄词，词中有誓两心知。七月七日长生殿，夜半无人私语时。在天愿作比翼鸟，在地愿为连理枝。"

【解读】

　　这是一首吟咏七夕的词。每年农历的七月初七，是传说中牛郎、织女相会的日子，也是我国古代传统的乞巧节。此词的上片写天上的双星相会，下片写人间的乞巧活动，将七夕节的主要特色展露无余。

　　传说织女是善于织布的天女，因为触怒了天帝，被迫与丈夫牛郎分隔在银河两岸，两人只有在每年七月初七才能通过鹊桥相聚一次。词的上片，就是吟咏这段艰难而坚贞的爱情故事。虽然写的是神话传说，词人却从实际的景物落笔，开篇首先描绘出七夕的晚空图景。太阳西沉，白天的热浪逐渐褪去，又经过一场暮雨的冲刷，初秋的夜晚突然间有了几许清凉。七夕的夜空，也因此爽净清澄，如钩的弯月挂在天边，清洁如玉。织女与丈夫牛郎就在这样清雅明净的背景中迎来了一年一度的相会之期。词人就此展开瑰丽的想象，幻想着织女为双方长久的阻隔嗟叹不已，正急着与丈夫相会，诉说别情，重温旧梦，因此将神车赶得如风飞跑的情景。抬眼望去，远方就是阻隔牛郎、织女的宽广银河，河的那一头就有令人期待的团聚发生呢。通过词人的描述，双星相会仿佛不再是一个神话，而是我们在七夕抬眼就可望到的美好爱情故事。

　　词的下片，写人间妇女的乞巧活动。人间的女子为了使自己更加心灵手巧，纷纷在七夕之夜向织女乞巧，用彩线望月穿针，"抬粉面、云鬟相亚"就是对她们乞巧情景的描述。同时，因为七夕有着牛郎、织女相会的浪漫传说，所以往往又是青年男女定情的好时候。据说唐明皇与杨贵妃以"钿合金钗"定情，在七月七日许下了"在天愿作比翼鸟，在地愿为连理枝"的山盟海誓。人间的男女，如果懂得牛郎、织女相会的艰难，就应该把有情人幸福的相聚当成人生中无价的宝贵财富加以珍惜。天上双星团聚，地上有情人终成眷属，这才是七夕节日的意义所在，故而作者在结尾处唱出了"愿天上人间，占得欢娱，年年今夜"的祝福，以此收束全词，歌颂这天上人间无处不在的美好爱情，表达出人们对幸福生活的憧憬。

醉蓬莱

渐亭皋叶下，陇首云飞[1]，素秋新霁[2]。华阙中天[3]，锁葱葱佳气[4]。嫩菊黄深，拒霜红浅[5]，近宝阶香砌[6]。玉宇无尘[7]，金茎有露[8]，碧天如水。　　正值升平，万几多暇[9]，夜色澄鲜，漏声迢递。南极星中，有老人呈瑞[10]。此际宸游，凤辇何处，度管弦清脆。太液波翻[11]，披香帘卷[12]，月明风细。

【注释】

1　"渐亭皋"二句：典出梁朝柳恽《捣衣诗》："亭皋木叶下，陇首秋云飞。"亭皋，水边的平地。陇首，山头。

2　素秋新霁：秋雨过后，天气放晴。素秋，梁元帝《纂要》："秋曰白藏，亦曰素秋。"

3　华阙中天：华丽的宫阙耸立半空中。汉班固《西都赋》："树中天之华阙，丰冠山之朱堂。"

4　锁葱葱佳气：笼罩着祥瑞的光彩。锁，笼罩，围绕。佳气，典出东汉班固《白虎通·封禅》："德至八方则祥风至，佳气时喜。"又《后汉书·光武帝纪论赞》："后望气者苏伯阿为王莽使至南阳，遥望见舂陵郭，唶曰：'气佳哉！郁郁葱葱然。'"

5　拒霜：木芙蓉的别名。其花八九月始开，艳如荷花，能拒霜冷，故得此名。

6　宝阶香砌：台阶的美称。阶、砌，均指台阶。

7　玉宇：瑰丽的宫殿。唐李华《含元殿赋》："玉宇璇阶，云门露阙。"

8　金茎：承露盘的铜柱，汉武帝时所造，亦借指承露盘。汉班固《西都赋》："抗仙掌以承露，擢双立之金茎。"李善注："金茎，即铜柱也。"

9　万几：亦作万机，指帝王日常处理的众多政务。《尚书·皋陶谟》："兢兢业业，一日二日万几。"传曰："几，微也，言当戒惧万事之微。"

10　"南极"二句：南极星中的老人星出现，是天下祥瑞的吉兆。《晋书·天文志》："老人一星，在弧南，一曰南极，常以秋分之旦见于丙，春分之夕而没于丁。见则治平，主寿昌。"

11　太液：太液池，汉武帝时营造。此处借指宋代宫廷的禁苑池沼。

12　披香：披香殿，汉宫殿名。《三辅黄图》载："武帝时后宫八区，有披香殿。"

【解读】

关于此词，宋代王阐之《渑水燕谈录》中有一段记载，言柳永于皇祐年间因老人星见，作此词进献。"比进呈，上见首有'渐'字，色若不悦。读至'宸游凤辇何处'，乃与御制真宗挽词暗合，上惨然。又读至'太液波翻'，曰'何不言波澄？'乃掷之于地。永自此不复进用。"若据此说，则柳永此词极大地触怒了仁宗皇帝，并为此断送了仕途。不过据薛瑞生《乐章集校注》考证，此说不尽可信。其实柳永此词是真心实意地颂圣之作，若因此得罪，未免冤枉。

  因为题旨在于歌颂升平，所以词的上片虽然描写秋天风景，但毫无萧瑟凄凉之气，这与词人那类羁旅行役之词中所咏的秋景截然不同。此词中的秋天，是晴朗的素雅之秋。在秋高气爽的背景下，华丽的宫阙佳气葱葱，宝阶香砌富丽堂皇。"嫩菊黄深，拒霜红浅"，"玉宇无尘，金茎有露，碧天如水"等句设色浓艳，黄、红、金、碧等字眼具有鲜明热烈的色彩感，更增添了词的华贵气息。词的下片直接颂圣。老人星的出现，是天下太平的吉兆。词人言"万几多暇"，故皇帝有机会游玩赏景，内含天下升平，皇帝无为而治之意。但以含蓄笔法出之，虽然是歌功颂德，却无阿谀奉承之嫌。以"太液波翻，披香帘卷，月明风细"作结，更是宕开一笔，写禁中优雅之风景，再次突出了安定祥和的情感基调，又使全词含蓄而有余韵。

锦堂春

坠髻慵梳，愁蛾懒画，心绪是事阑珊[1]。觉新来憔悴，金缕衣宽。认得这疏狂意下[2]，向人诮譬如闲[3]。把芳容整顿，恁地轻孤[4]，争忍心安。　　依前过了旧约，甚当初赚我，偷剪云鬟[5]。几时得归来，香阁深关[6]。待伊要、尤云殢雨[7]，缠绣衾、不与同欢[8]。尽更深[9]、款款问伊[10]，今后敢更无端[11]。

【注释】

1　心绪是事阑珊：心中对什么事都不感兴趣。是事，凡事。

2　这疏狂意下：这狂放不羁的人心中。意下，心中。

3　向人诮譬如闲：对我简直是视若等闲。人，此处为女子自呼。诮，犹浑也，直也。

4　轻孤：轻易辜负。

5　"甚当初"二句：为什么当初欺骗我的感情，使我私下里剪下头发相赠，与你海誓山盟。赚，欺骗。

6　香阁深关：把闺房的门紧紧关闭。香阁，指女子的闺房。

7　待伊要、尤云殢雨：等他要求男女间的亲密行为时。尤云殢雨，指沉浸于男女欢情。

8　缠绣衾、不与同欢：用被子紧紧裹住自己，不与他欢爱。

9　尽更深：极力拖延到深夜。尽，极力。

10　款款：从容不迫地。

11　敢更无端：还敢无缘无故离开吗？端，原由。

【解读】

此词首三句，在读者面前展现了一个发髻散了懒得去梳理，紧皱着蛾眉懒得去画，凡事都打不起精神的女子形象。接着，以这名女子自述的口吻，道出她心绪阑珊的原因。她明显地感觉到自己的面容憔悴了，身体消瘦了。而这一切，都是因为"这疏狂"——她意中的男子。女子愤愤不平地想：因为他把我视同等闲，完全不当一回事，才弄得我这副憔悴模样。想到这里，她可不甘心受此委屈，决心振作起来，认真修饰自己美丽的容颜，不能因为他这样的人轻易辜负了自己的美好青春。这虽然有几分赌气的心态，但也说明她是个倔强的女性，为下片继续有层次地展示她的"报复手段"奠定了性格基础。女子对恋人过了约定的日期，仍然没有回到她身边而感到内心不安，以致有被骗的感觉。既然当初骗我剪下头发作为盟誓，他自己为什么又不遵守诺言呢？女子气愤之余，想好了"报复"惩罚的方法：如果他归来了啊，就首先关起门来，不准他进自己的绣房。如果被他闯进来了啊，就把被子紧紧裹在自己身上，不让他进被窝，不与他欢爱。让他心儿痒痒地难受到深夜,再一条条数落他的罪状,逼他认错,看他以后还敢失约?!

柳永的《法曲第二》(青翼传情)也叙述了一名女子对恋人相思成恼怒,以致打算等见面时兴师问罪的心理,然而词的结尾却说这女子见到恋人后一高兴,把"讨伐"他的事"又还忘了"。虽不知此词中的女子最后是否也会这样健忘,不过可以肯定的是,这位女子设想的惩罚恋人的种种手段,都是建立在两个人深情相爱的基础上。如果男人真的变了心,只会一去不回头,那时候她的这些"伎俩"哪还有施展的机会呢?所以,女子看似严厉的"报复",恰恰表明了她对这份爱的深情投入与充分信任。

定风波

自春来、惨绿愁红,芳心是事可可[1]。日上花梢,莺穿柳带,犹压香衾卧。暖酥消[2],腻云亸[3]。终日厌厌倦梳裹。无那[4]。恨薄情一去,音书无个[5]。　　早知恁么[6]。悔当初、不把雕鞍锁。向鸡窗[7]、只与蛮笺象管[8],拘束教吟课。镇相随[9],莫抛躲。针线闲拈伴伊坐。和我。免使年少,光阴虚过。

【注释】

1　是事:么事;何事。可可:意为不可,不好。

2　暖酥消:指身体消瘦。暖酥,形容体态丰腴。

3　腻云亸(duǒ):指发髻无心梳理,任其散乱下垂。腻云,形容头发浓密黑亮。亸,下垂。

4　无那(nuò):无可奈何。

5　音书:指书信。

6　恁么:如此,这样。

7　鸡窗:指书房。《幽明录》载:"晋兖州刺使沛国宋处宗尝买得一长鸣鸡,爱养甚至,恒笼著窗间。鸡遂作人语,与处宗谈论,极有言智,终日不缀。处宗因此言巧大进。"后遂以鸡窗谓书窗、书斋。

8　蛮笺象管:指纸笔。蛮笺,《天中记》载:"唐,中国纸未备,故唐人诗中多用'蛮笺'字。高丽岁贡蛮纸,书卷多用为衬"。象管,笔。五代刘兼《春宴河亭》:"蛮笺象管休凝思,且放春心入醉乡。"

9　镇:即镇日;整天。

【解读】

此词与前一首《锦堂春》(坠髻慵梳)一样,都是写女子的相思心理,也都是从心绪阑珊的精神状态落笔。此词中的女子,不知为什么觉得事事都不顺心,自然界生机勃勃的春天景色,在她眼里都成了"惨绿愁红"。哪怕艳阳高照,美景如画,她都不加理睬,只顾埋头大睡。美好的韶华就此流走,她也渐渐形容憔悴,不加修饰,一任自己蓬头散发。是什么事情让她如此颓唐呢?原来是心上人离去后,书信都没有一封。下片直接写这女子的心理活动,与《锦堂春》中的女子因相思而生怨,因怨而生出许多"报复"的法儿不同,此词的女子因相思而生"悔",悔当初没有把恋人留在身边。接着她设想,如果当时把他留了下来,就可以每天看着他读书写字,自己闲拈针线伴着他,两相厮守,这样的光阴才不教虚度。此词与《锦堂春》,虽然题材相同,手法相近,但展示的两位女性各有其鲜明的个性,此词中的女子温柔痴情,《锦堂春》中的女子倔强黠慧,使得两词绝无雷同之嫌。

关于此词,还有一则逸事。宋张舜民《画墁录》记载:"柳三变既以词忤仁庙,吏部不放改官。三变不能堪,诣政府。晏公曰：'贤俊亦作曲子么？'三变曰：'只如相公亦作曲子。'公曰：'殊虽作曲子，不曾道"针线慵拈伴伊坐"'。柳遂退。"此事虽未必可信，但柳永之词经常被文人雅士贬之为"俗"，却是事实。但柳永在此，以通俗生动的语言表现市民社会的女性大胆热烈的情感追求，虽然俗，但真实，其艺术价值岂容否认？

诉衷情近

雨晴气爽,伫立江楼望处。澄明远水生光,重叠暮山耸翠。遥认断桥幽径,隐隐渔村,向晚孤烟起。　　残阳里。脉脉朱阑静倚。黯然情绪,未饮先如醉。愁无际。暮云过了,秋光老尽[1],故人千里。竟日空凝睇[2]。

【注释】

1　秋光老尽:秋天一派衰飒风光。
2　竟日:尽日,整日。

【解读】

此词是登高望远、伤秋怀人之作。雨过天晴,秋高气爽,词人伫立江楼之上,眺望远方。只见远处的河流清澈澄明,在夕阳的照耀下熠熠生光,更远处是重重叠叠苍翠的山峦。山脚下,隐隐可以辨认出断桥、幽径、渔村、孤烟,这些景物,构成了一个偏远的村落,在阔大的江山图画中显出几许寂寞与冷清,为下片词人的"黯然情绪"奠定了基调。下片以"残阳里,脉脉朱阑静倚"发端,再次点明词人在秋日的傍晚独倚高楼的凄凉处境,与上片呼应。与上片着重写景不同,下片紧接着开始抒情。词人沉浸在黯淡的心绪中,就如同沉溺在浓烈的酒中一般,不能自拔。江淹的《别赋》中有"黯然销魂者,唯别而已矣"之句,可见词人的"黯然情绪",是为离愁而发。"愁无际"三字,将他的这种情绪推向高潮。他就困在这无边无际的忧愁的海洋中,无法摆脱。但词章写愁情也就此戛然而止,转而以"暮云过了,秋光老尽"之景,与上片的秋景呼应,又使情感表达曲折而有韵致。同时,从词人对暮云、秋光的感慨中,还可以体会到他的迟暮之感。这与"故人千里"的怀人之情结合起来,增添了词人愁情的深度与厚度。最后,词作以"竟日空凝睇"作结,再次呼应开篇,既不断突出了词人孤独登临的凄凉处境与心境,又使得词章结构严谨,脉络清晰。

留客住

偶登眺。凭小阑、艳阳时节,乍晴天气,是处闲花芳草[1]。遥山万叠云散,涨海千里[2],潮平波浩渺[3]。烟村院落,是谁家绿树,数声啼鸟。　　旅情悄[4]。远信沉沉,离魂杳杳[5]。对景伤怀,度日无言谁表[6]。惆怅旧欢何处,后约难凭[7],看看春又老。盈盈泪眼,望仙乡[8],隐隐断霞残照。

【注释】

1 是处:所见之处,到处。

2 涨海:涨潮的大海。

3 浩渺:同"浩淼",形容水面辽阔。

4 旅情悄:旅居在外,悄无声息。

5 离魂杳杳:思绪飞向远方,只觉魂不守舍。

6 谁表:向谁表达。

7 后约难凭:对未来的约定难以依靠。凭,依靠,依仗。

8 仙乡:这里指心上人的居所。

【解读】

此词与前一首《诉衷情近》(雨晴气爽)主旨都是登

临怀人，结构也大体相同，都是上片主要写景，下片着重抒情。不同的是，《诉衷情近》写的是秋景，而此词写的是春景。

词人在一个晴朗的春日登楼偶眺，凭栏观望，刚刚放晴的天空艳阳高照，遍地"闲花芳草"，昭示着大自然的勃勃生机。"遥山"下面三句，写的是海景。此词是柳永在昌国县（今浙江省舟山市）晓峰盐场做监官时所作，故能就地取景，在词中描绘大海的景象。涨潮之时，水漫千里，潮平如镜，浩渺无涯。这温和平静的海洋，与柔和明媚的春光协调一致，共同营造出和谐明快的春天气息。海边的村庄绿树环绕，炊烟升腾，飞鸟啼叫，为平静广阔的背景增添了几许动态、几分立体感。《诉衷情近》中的秋天，虽然晴朗却有几分冷清，使词人触景生情，生发出悲秋情绪。不过此词中明媚的春光，勾起的也是词人的愁怀，词的下片就转入抒写羁旅怀人之思。心中的羁旅宦游之情，就在这样的春光中悄然而至。"远信沉沉，离魂杳杳"，道出旅情的具体内容。没有远方恋人的音信，自己如天地间的一缕离魂。心灵的漂泊无依感，使词人无论对着怎样的美景，都不免"伤怀"。他现在的处境是"度日无言谁表"，过去的"旧欢"又惆怅不知何处，将来的约定也难以依靠，人生一片黯淡，毫无希望。就连眼前的春天也在老去，似乎在宣示着人生也已迟暮。这种种情绪交织一起，构成了词人"伤怀"的具体内容。在无望的忧伤中，词人饱含热泪遥望恋人所在的地方，却只见眼前的

"断霞残照",也已隐约不明。词作在一片灿烂的春光中开篇,却以昏暗的"残照"作结,鲜明的对比之下,更突出了词人愁绪之重。

迎春乐

近来憔悴人惊怪。为别后、相思煞[1]。我前生、负你愁烦债。便苦恁难开解。　　良夜永、牵情无计奈[2]。锦被里、余香犹在。怎得依前灯下[3],恣意怜娇态[4]。

【注释】

1　煞：极，很。亦作"杀"。

2　牵情无计奈：牵肠挂肚，没办法不去想。奈，受得住。通"耐"。

3　依前：如同从前那样。

4　恣（zì）意：任意。

【解读】

柳永的《锦堂春》（坠髻慵梳）、《定风波》（自春来）等词，都以白描的方式生动形象地刻画了女性细腻的相思心态，他的这一首词却以同样的方式，描述了一个男子对所爱女子的相思。与《定风波》等词中女子都是独白式的自述不同，此词男子的自述却是对白体，因为他设想了一个听众——他的恋人。他把相思的对象当成近在眼前，所有的心里话都是倾诉给她听的，这既能显示出男子的相思之切，又增加了词作的形象性。

首句"近来憔悴人惊怪",乃男子对恋人说:"你看啊,我近来憔悴的模样让别人都大惊小怪了。"别人都"惊怪",恋人能不心疼?这就是男子"一鸣惊人"的高明之处。同时,也使读者产生浓厚的好奇心,有兴趣往下探究他为什么而憔悴。然后男子才道明原因,是因为别后相思得太厉害。但他怕这样的表述还不足以使恋人明白他相思之深,于是又对恋人侃侃而谈:"大概是我前生欠了你什么愁烦债吧,所以今生受这样的折磨,挣都挣不脱。"苦恼人的幽默,如果他的恋人真听到了,能不对他又爱又怜?接下来,他继续感叹:"白天还好过点,夜晚真是难熬。长夜漫漫,似乎没有尽头,让我不去想你都做不到。更何况锦被里还残留着你的体香。"此处将男子长夜独眠,在相思的煎熬下夜不成寐的情态刻画得如在目前。男子如此大肆渲染他的相思苦态,只因为他有一句最重要的话对恋人说:"怎么能像从前一样,让我在夜晚的灯光下恣意怜爱娇滴滴的你啊。"读者看了他的这番表白,都不禁心生同情与祝福。如果他的恋人听了,还会与他分开吗?

思归乐

天幕清和堪宴聚[1]。相得尽、高阳俦侣[2]。皓齿善歌长袖舞。渐引入、醉乡深处。　晚岁光阴能几许。这巧宦[3]、不须多取。共君把酒听杜宇。解再三[4]、劝人归去。

【注释】

1　天幕清和：天气清朗和润。

2　高阳俦侣：代称酒友。典出《史记·郦生陆贾列传》，言刘邦引兵过陈留，郦食其求见，使者入通。刘邦曰："为我谢之，言我方以天下为事，未暇见儒人也。"使者出谢。郦生瞋目案剑叱使者曰："走！复入言沛公，吾高阳酒徒也，非儒人也。"

3　巧宦：善于投机钻营的官吏。晋潘岳《闲居赋序》："岳尝读《汲黯传》，至司马安四至九卿，而良史书之，题以巧宦之目，未尝不慨然废书而叹。"

4　解：解释，开解。

【解读】

词的上片描写宴会的场面。清朗融和的日子，正是宴集聚会的好时候。与平日的酒友们一起相得尽欢。酒宴上，还有歌妓舞女们的精彩表演助兴。此时此景，怎不让人开怀畅饮,渐渐沉醉其中呢?光看这个场面,似乎作者颇有些及时行乐的享乐主义思想。但接着作者在下片中抒发的人生感触,向读者展示出他思想的深度与内心的痛苦。一代枭雄曹操在酒席宴间,曾写下著名的《短歌行》感慨人生的短暂:"对酒当歌,人生几何?譬如朝露,去日苦多。"词人以"晚岁光阴能几许"抒发了同样的感触,表达了心中沉重的迟暮之感,与上文兴致高涨的酒宴场面形成鲜明对比。同时,词的情感基调也由高昂转为低沉,词人内心最真实的痛苦由此流露出来。同样感到了光阴的宝贵,曹操在《短歌行》中想到的是赶紧笼络人才,干一番事业。柳永则恰恰相反,对蝇营狗苟的官场生活相当厌倦,认为人生宝贵,不须为一官半职扭曲自己的人性。"共君把酒听杜宇"一句,紧扣酒宴,与上片呼应,同时又以杜鹃鸟的意象引出自己想要阐明的主题。词人抓住杜鹃鸟的啼鸣,好似在叫"不如归去",告诉读者此词的题旨是表达他退出名利场,回归自由生活的想法。从一场酒宴写起,自然引出对人生、命运的理性思考,结尾处点明归隐的主旨,词章形式短小而内涵丰富,值得一读。

集贤宾

小楼深巷狂游遍,罗绮成丛[1]。就中堪人属意[2],最是虫虫[3]。有画难描雅态,无花可比芳容。几回饮散良宵永,鸳衾暖、凤枕香浓。算得人间天上,惟有两心同[4]。　　近来云雨忽西东[5]。烦恼损情悰[6]。纵然偷期暗会,长是匆匆。争似和鸣偕老[7],免教敛翠啼红[8]。眼前时、暂疏欢宴,盟言在、更莫忡忡[9]。待作真个宅院[10],方信有初终[11]。

【注释】

1　罗绮成丛:美女如云。罗绮,代指美女。

2　就中堪人属意:其中引人注意的。就中,其中。唐杜甫《丽人行》:"就中云幕椒房亲,赐名大国虢与秦。"堪人,可人。属意,注意。晋刘琨《答卢谌诗并书》:"不复属意于文,二十余年矣。"

3　虫虫:一位妓女的名字。

4　"算得人间"二句:用唐明皇派方士上天入地寻找杨贵妃之典。白居易《长恨歌》:"但令心似金钿坚,天上人间会相见。"

5　云雨忽西东:指两个人忽然分开。云雨,指男女欢爱,详见《雪梅香》(景萧索)注释5。

6 情悰（cóng）：情绪，情怀。

7 和鸣偕老：形容夫妻相处和睦，白头到老。《诗经·周颂·有瞽》："喤喤厥声，肃雝和鸣，先祖是听。"又《诗经·邶风·击鼓》："执子之手，与子偕老。"

8 敛翠啼红：皱眉哭泣。敛翠，皱眉。古时女子以黛画眉，其眉为翠色。啼红，女子哭泣，眼泪沾染了两颊的胭脂，泪呈红色。

9 忡忡：愁苦的样子。《诗经·召南·草虫》："未见君子，忧心忡忡。"

10 待作真个宅院：等到真的成了夫妻。宅院，此处指姬妾。苏轼《减字木兰花》词有云："天然宅院，赛了千千并万万。"

11 初终：始终。语本《诗经·大雅·荡》："靡不有初，鲜克有终。"

【解读】

柳永此词描述了他与歌妓虫虫之间真挚的爱情。词人开篇即说，在花街柳巷众多风流貌美的妓女之中，他最爱的是虫虫，坦言他对这位女子的深情。而虫虫最打动他的地方，是她的"雅态"与"芳容"。可见虫虫除了貌美之外，还有温柔的性格、高雅的品位，与柳永志趣相投。才子佳人的遇合，本是人间美事。更何况，他们心心相印，情意绵绵，一起度过了许多"鸳衾暖、凤枕香浓"的良宵。他们爱得是那么热烈、那么忘乎所以，好似人间天上，只剩下他们的二人世界了。然而他们终究在现实中生活，他们的爱情也要经受现实的制约。故词人在上片回顾了他与虫虫美好的爱情生活之后，过片以"近来"二字，转入述说他们的爱情在现实中遇到的麻烦。近来他们的感情遇到了阻碍，这可能是因为娼家禁止虫虫与落魄的词人来往，也可能是因为社会舆论不允许词人与欢场女子结合，总之，他们俩的心中充满了烦恼。他们不得不转入地下情，只能"偷期暗会"。这样的匆匆相聚，对两情火热的恋人来说，怎么能够感到畅快、满足呢？故而相见之时，虫虫难免忧心忡忡，哭哭啼啼，这使得词人更加渴望琴瑟和谐、白头偕老的正常夫妻生活。然而这一愿望，目前还不能实现。不过词人在此提出应付的措施与将来的打算，安慰他的恋人，表现出他对这份爱情的认真，以及愿意承担责任的真挚。他劝慰虫虫"眼前时、暂疏欢宴"，两个人疏远一些，可以缓解他们受到的压力，然而他们的海誓山盟不会改变，请虫虫完全放心。而将来，他会真的娶虫虫回家，与她有始有终。柳永在另一首《征部乐》词中也表达过同样的意思："但愿我虫虫心下，把人看待，长似初相识。况渐逢春色，便是有举场消息。待这回好好怜伊，更不轻离拆。"说明柳永对虫虫的爱情承诺，不是信口开河，而是真心实意的。柳永能够超越地位尊卑的束缚、社会礼教的规范，大胆真诚地表达自己与虫虫结合、厮守的愿望，倒也难能可贵。

应天长

残蝉渐绝。傍碧砌修梧[1]，败叶微脱。风露凄清，正是登高时节[2]。东篱霜乍结[3]。绽金蕊、嫩香堪折。聚宴处，落帽风流[4]，未饶前哲[5]。

把酒与君说。恁好景佳辰，怎忍虚设。休效牛山[6]，空对江天凝咽。尘劳无暂歇[7]。遇良会、剩偷欢悦[8]。歌声阕[9]。杯兴方浓[10]，莫便中辍[11]。

【注释】

1　碧砌修梧：青石的台阶，高高的梧桐树。砌，台阶。

2　登高时节：重阳时节。农历九月九日为重阳节，世人每于是日登高。

3　东篱：指代菊花。典出陶渊明《饮酒》诗："采菊东篱下，悠然见南山。"

4　落帽风流：指重阳宴会上的名士风流气度。《晋书·孟嘉传》："九月九日，温宴龙山，僚佐毕集。时佐吏并著戎服，有风至，吹嘉帽堕落，嘉不之觉。温使左右勿言，欲观其举止。嘉良久如厕，温令取还之，命孙盛作文嘲嘉，著嘉坐处。嘉还见，即答之，其文甚美，四座嗟叹。"

5　未饶前哲：不让前贤。饶，让步。

6　牛山：在山东临淄县南。《晏子春秋·内篇谏上》："景公游于牛山，北临其国城而流涕曰：'若何滂滂去此而死乎？'艾孔、梁丘皆从而泣。"此典乃感慨人生无常。

7　尘劳：为尘事而操劳。

8　剩：更加。

9　阕：停止，终了。

10　杯兴：酒兴。

11　辍：停止。

【解读】

　　这是一首吟咏重阳佳节的词。重阳节在每年农历九月初九，时为秋季，古人于此日有登高的习俗。词人一开篇就抓住重阳节候的特点。其时将近深秋，鸣蝉的叫声渐渐断绝了。青石台阶旁，高挺的梧桐树上败叶也渐渐脱落。古人有立秋日梧桐始落一叶的说法，故词人以梧桐叶落的典型景物暗示秋季已经到来。秋高气爽、露白风清，是秋天的特征。这种气候，正适合登高。同时，"登高时节"又巧妙点题，并指出重阳节日的活动特征。重阳节前后，菊花傲霜绽放，金色的花瓣、鲜嫩的清香惹人喜爱。词人在此用"东篱"之典，令人联想到陶渊明当年高洁的隐居生活。接下来，又以"落帽风流"的典故，提到陶渊明的外祖父孟嘉风流儒雅的事迹。词人不仅通过这些与重阳节相关的典故增添了作品的雅韵，更在亲临的重阳聚会中喊出"不让前哲"的豪言，抒发出胸中壮气。同时"聚宴处"三句，使词作自然过渡到下片写重阳宴饮之事。但词人并没有写宴会的具体情形，而是以"把酒与君说"领起，说了一篇劝酒词：这样的好景佳辰，怎能白白度过。不要像当年齐景公游牛山那样，空对江天流涕，感慨人生无常。人生操劳无尽头，没有片刻歇息。遇到这样的嘉会，更应该多偷得几分欢悦。即便歌舞停了，酒宴散了，只要酒兴正浓，便莫停杯吧。这段词句，将对人生的感慨与煽动宴会的热烈气氛结合起来，既符合重阳节日的特点，又透露出词人理性的思考。此词最大的特点是用典多，而且恰切。这些典故，又多与重阳紧密相关，很好地表现了主题。

少年游

长安古道马迟迟[1]。高柳乱蝉栖。夕阳岛外，秋风原上，目断四天垂。　　归云一去无踪迹[2]，何处是前期[3]。狎兴生疏[4]，酒徒萧索，不似去年时。

【注释】

1　迟迟：行走缓慢的样子。

2　归云：以仙人驾云归去借指离人。

3　前期：从前的约定。

4　狎兴生疏：少有邪狎之游的兴致。

【解读】

这是一首吟咏羁旅行役的小令，篇幅虽小，但内涵丰富，与同类题材的长调相比也毫不逊色。词的上阕主要抒发词人的悲秋情绪。首句"长安古道马迟迟"，点明了词人游历的地点。长安是历史上有名的都城，所以"长安道"往往喻指到天子脚下去博取功名。故词人在长安道上"马迟迟"的情景，既写出他羁旅困顿的模样，又反映了他在名利场上的倦怠心态。第二句的突出意象是"乱蝉"，点明了词人游历的时间是在秋天。"栖"有的本子作"嘶"。秋蝉嘶鸣令人触目惊心，容易引发人的凄凉情绪。

一个"乱"字，更突出了这种情绪的烦乱。上片后三句，以岛外的夕阳、原上的秋风、广袤的天空，构成一幅萧瑟苍茫的秋日图景。极目远望，天苍苍，地茫茫，一种前不见古人、后不见来者的孤独感油然而生。上片无论写景还是抒情，都突出了贫士失职而悲秋的主题。词的下片主要写词人的怀人之思。"归云"既实指天上的云彩已经流散，又喻指所爱的人不在眼前。既然爱人不知所踪，那么与她定的前约也已落空。如今的他，已经失去了以前狎玩饮酒的兴致，完全处在凄凉冷落的心绪中。"去年"有的本子作"少年"，因此这首词可以看做词人晚年的作品。眼看着年华老去，对事业与爱情的追求最后一一落空，逐渐颓唐的心境甚至丧失了对理想的期待，这是怎样彻头彻尾的悲凉！

少年游

参差烟树灞陵桥[1]。风物尽前朝。衰杨古柳,几经攀折,憔悴楚宫腰[2]。　夕阳闲淡秋光老,离思满蘅皋[3]。一曲阳关[4],断肠声尽,独自凭兰桡[5]。

【注释】

1　灞陵桥:灞陵,汉文帝的陵墓,在今西安市东。灞陵桥即灞桥,在灞陵附近。《三辅黄图》:"灞桥在长安东,跨水作桥。汉人送客至此桥,折柳送别。"

2　憔悴楚宫腰:憔悴得像楚国细腰的宫女。《韩非子·二柄》:"楚灵王好细腰,而国中多饿人。"

3　蘅皋:长满杜蘅的水边高地。皋,水边高地。三国魏曹植《洛神赋》:"税驾乎蘅皋,秣驷乎芝田。"《文选》李善注:"蘅,杜蘅也;皋,泽也。"

4　阳关:歌曲名,又名《阳关三叠》。唐王维《渭城曲》:"劝君更尽一杯酒,西出阳关无故人。"后来成为流行的送别之曲。

5　兰桡:兰舟,船的美称。桡(ráo),桨,借代为船。

【解读】

　　灞陵桥在长安东,从汉代起,人们于此送客,折柳送别。柳永此词,写的就是灞桥送别的场景。故词作开篇,就以"参差烟树灞陵桥"勾勒出送别的地点与环境。苍茫暮色中,杨柳堆烟,一派凄迷景象,未写离情,先已营造出浓重的感伤气氛。灞桥在灞陵附近,灞陵是汉文帝的陵墓,故眼前风物,尽是汉唐遗存。灞桥风物作为历史的见证,不仅目睹了人世沧桑、江山改易,同时也看尽了古往今来无数人间的别离。历史的大悲剧与人生的小悲剧在此交织上演,使词人未写自己的离别,就已经把读者带到无尽的悲慨之中。接着词人才描绘折柳送别的场面,却不从正面下笔,而是感叹道旁的"衰杨古柳",几经攀折之后,憔悴得像楚宫细腰的女子。此三句由杨柳的衰败,从侧面道出这条道路上自古以来的离别之多、离愁之重。上片虽无一语涉及离别,但字字含着离别的愁绪。换头以夕阳与秋光,再次渲染出萧瑟惨淡的词境。在这样凄凉的情感基调下,离思如同长满蘅皋的春草,无边无际地滋生,才如此令人难以承受。在这个时候,送别宴上唱起了《阳关》之曲,那"劝君更尽一杯酒,西出阳关无故人"(唐王维《渭城曲》)的悲凉怎不让人断肠。这一曲送别之歌唱完后,词人就要乘着小船,独自飘荡。此词善于以景衬情,层层渲染衰飒的灞桥风物之后,于结尾处道出乘舟离别的事件,戛然而止,余韵不尽,颇得含蓄之妙。

少年游

淡黄衫子郁金裙[1]。长忆个人人。文谈闲雅，歌喉清丽，举措好精神[2]。　　当初为倚深深宠，无个事[3]、爱娇嗔[4]。想得别来，旧家模样[5]，只是翠蛾颦。

【注释】

1　郁金裙：黄色的裙子。郁金，指郁金香，开黄花。
2　精神：风采，活力。
3　无个事：没什么事，无缘无故。
4　娇嗔：故作生气，实为撒娇的样子。
5　旧家：旧时。

【解读】

此词是柳永为所爱女子绘制的一幅肖像画。起句以女子的穿着总括她婀娜美丽的身姿。词人深深思念的这位姑娘，身着淡黄色的衫子、金黄色的裙子。黄色是众多颜色中最打眼的色彩，可见这位女子，在人群中一定十分引人注目，令人一见就难以忘怀。但词人爱恋的并非只是她的外表美，更钟情她的内在美：她多才多艺，有良好的文学素养，有过人的歌唱才能，一举一动都有独特的韵味、迷人的风采。虽然她有这么多优良品质，但并不工于心计，也不孤芳自赏，她那少女的天真情态更使人难以忘怀。两人在一起的时候，仗着词人对她的喜爱，她没事就要耍小性子，撒撒娇、噘噘小嘴什么的。那活泼娇俏的模样，叫人想起就柔情万千。至此，词人以许多个性化的细节，对恋人外貌、才能、性格一一加以刻画，鲜明生动地展现了一个美丽、聪颖、娇俏的少女形象，词人的这幅"肖像画"因此形神皆备。接着，词人以"想得别来"，道出之前的描述都是他别后对恋人的追想，与上片"长忆个人人"呼应。词人设想离别之后，心爱的她应该没有什么改变，只是因为恋人不在身边，会常常紧皱眉头吧。虽然只是设想恋人皱眉的情景，词人的怜惜之情已溢于言表。从别后的追念到别后的设想，可见词人用情之深，也可见词人相思之浓烈。

少年游

日高花榭懒梳头[1]。无语倚妆楼。修眉敛黛[2],遥山横翠,相对结春愁。　　王孙走马长楸陌[3],贪迷恋、少年游。似恁疏狂,费人拘管[4],争似不风流。

【注释】

1　榭:建筑在台上的房屋。

2　修眉敛黛:修长的黛眉紧皱着。

3　长楸:高高的梓树。楸,梓树。古人以桑、梓象征故乡。屈原《哀郢》:"望长楸而太息兮,涕淫淫其若霰。"

4　费人拘管:令人牵挂。拘管,管束,限制。

【解读】

词的上阕描绘了一幅思妇倚楼图。太阳已经高高地照上闺楼,而这位女子还蓬头散发,倦倦地懒得梳理。只是一直无语地倚立在妆楼之上,极目远眺。远山苍翠,与她遥遥相对。她那修长的黛眉,貌似横卧的青山,却紧皱成结,像堆积了无数春愁。词人通过远山与黛眉的相似性,以景语作情语,暗示这位女子在等待、在盼望,然而不管她如何长久地凝望,视线之内都只有静立的远山,以致失望的愁绪写在脸上,眉头紧皱。那么她期待看到的是什么呢?词人在此留下了一个大大的疑问,引起读者的悬念。词的下阕并没有直接解答这一问题,却描绘出一幅游子走马图。如果说上阕的图画是静态的,下阕的图画就是动态的。游子打马在满是长楸的道路上游走,因为少年人的好奇与好动,时常迷恋于路边的风景,忘了回去。上、下阕绘出的两幅图画,可以说没有任何关联。但结尾三句,却以思妇的口吻,对图画中的游子作出评判:"像他这样疏狂的个性,又没有人约束,怎么会不做出些风流举动?"到此,读者才恍然大悟,下阕图画中的游子就是上阕图画里思妇期待的对象,而词作吟咏闺思的主题也方得揭晓。从闺阁到阡陌,从思妇到游子,在短短的篇幅内,通过场景的不断转换,曲折含蓄地揭示出主旨,由此,不得不佩服词人匠心独具。

长相思

画鼓喧街[1]，兰灯满市[2]，皎月初照严城[3]。清都绛阙夜景[4]，风传银箭[5]，露霭金茎[6]。巷陌纵横。过平康款辔[7]，缓听歌声。凤烛荧荧。那人家、未掩香屏。　　向罗绮丛中，认得依稀旧日，雅态轻盈[8]。娇波艳冶[9]，巧笑依然[10]，有意相迎。墙头马上[11]，漫迟留、难写深诚[12]。又岂知、名宦拘检[13]，年来减尽风情。

【注释】

1　画鼓：装饰有龙凤等图画的鼓。

2　兰灯：亦名兰釭，是以泽兰所炼之油为燃料的灯。

3　严城：严冷肃杀中的城池。

4　清都绛阙：传说中天帝所居的宫阙，此指皇宫。《列子·周穆王》："王实以为清都紫微，钧天广乐，帝之所居。"

5　风传银箭：风中传来更漏之声。银箭，古代计时器漏壶上银饰的漏箭。唐李白《乌栖曲》："银箭金壶漏水多，起看秋月坠江波。"

6　露霭（ài）金茎：承露盘附近露气浓重。霭，形容云气很重。金茎，代指承露盘，详见《醉蓬莱》（渐亭皋叶下）注释8。

7 过平康款辔：款款按辔徐行，走过妓女聚居之所。平康，唐代长安丹凤街有平康坊，为妓女聚居之地。

8 雅态：高雅的姿态。

9 娇波：娇媚的眼波。

10 巧笑：美丽的笑容。《诗经·魏风·硕人》："巧笑倩兮，美目盼兮。"

11 墙头马上：指男女一见钟情。白居易《井底引银瓶》："墙头马上遥相顾，一见知君即断肠。"

12 写：抒发，宣泄。《诗经·邶风·泉水》："驾言出游，以写我忧。"

13 名宦拘检：因为名声与官职的关系不得不约束检点自己的行为。名宦，名声与官位。

【解读】

柳永羁旅在外之时，所作的词中常常把京城当作温馨的家园深深思念，把京城里与他相爱的女子当成心灵的寄托深情回忆。如《曲玉管》中的"杳杳神京，盈盈仙子，别来锦字终难偶"，《夜半乐》中的"凝泪眼、杳杳神京路"，《竹马子》中的"览景想前欢，指神京，非雾非烟深处"等句，都表达了他的这种情感。那么如果他如愿以偿回到京城，面对旧欢，又会是怎样一番情景呢？此词就解答了这个问题。

阔别已久的京城，仍然十分繁华热闹。街上鼓声喧天，灯火通明。只是皎月初照，风传漏声，露气浓重，使夜晚的空气有了几分清寒与肃杀。词人笔下的京城，繁华中透出冷清，热闹中不乏沉重，很好地衬托了词人重回京城时复杂的心境。他骑着马在道路纵横的大街小巷里穿梭，款款经过曾给他许多风流浪漫往事的妓院。那片地方，仍然欢歌笑语，烛火荧荧，热闹依旧。在一群花枝招展的姑娘们中间，词人仍能准确无误地认出他的旧欢。那位女子依旧"雅态轻盈"、"娇波艳冶"，对他嫣然巧笑，情意依然。然而词人的态度又如何呢？在此，词人引用白居易《井底引银瓶》中"墙头马上遥相顾，一见知君即断肠"的句意，表示自己虽然情意依旧，但只能徒然与她遥遥相望，迟疑不进，难以像从前一样肆无忌惮地倾吐他的深情了。为什么会这样呢？词人在结尾处揭出谜底："名宦拘检，年来减尽风情。"那份在他天涯漂泊中时时慰藉他孤寂心灵的情感，那个他苦苦思念而又求之不得的长相厮守的机会，就因为他顾忌名声与地位，在唾手可得之际被他抛弃，这是怎样的一种遗憾？"又岂知"三字，表达了他不得不这样做的辛酸与苦衷，让人同情之余，唯有一声叹息。

驻马听

凤枕鸾帷[1]。二三载,如鱼似水相知。良天好景,深怜多爱,无非尽意依随。奈何伊。恣性灵、忒煞些儿[2]。无事孜煎[3],万回千度,怎忍分离。　　而今渐行渐远,渐觉虽悔难追。漫恁寄消息,终久奚为[4]。也拟重论缱绻[5],争奈翻覆思维[6]。纵再会,只恐恩情,难似当时。

【注释】

1 凤枕鸾帷:指情侣间恩爱的生活。

2 恣性灵、忒煞些儿:放纵得过头了一点。恣,放任。性灵,性情、性子。忒煞,太过分。些儿,少许,一点点。

3 孜煎:烦闷,愁苦。

4 奚:何、什么。

5 缱绻:形容情投意合,难舍难分。《诗经·大雅·民劳》:"无纵诡随,以谨缱绻。"

6 翻覆思维:反复思量。思维,思考,考虑。《三国志·魏志·荀攸传》:"我每有所行,反覆思惟,自谓无以易。"维通"惟"。

【解读】

　　此词以一个女子自述的口吻，表现了她对一段感情的全面反思。上片回忆感情从开始到破裂的整个过程。最初相爱时，她与心上人同床共枕，过了两三年幸福美满的生活，彼此"如鱼似水"，相知甚深。但就在这样"深怜多爱"的日子里，他们的感情已经有了不和谐音。这种裂痕，源于两人个性的差异。女子这方，为了爱，对恋人百般迁就，"无非尽意依随"。而男子一方，却放纵得过头。由此可见，男子的任性，导致他有轻易离去的举动，造成了他们分离的局面。但善良的女子不忍责备他，故而自述中略去分离的经过不提，只说别后的痛苦。虽然这段感情的破裂，错不在她，但女子的温厚与重感情，使得她无法从感情的阴影中挣脱出来。为此，她的心灵受尽折磨，心中百转千回，仍然割舍不下这场情缘，以致发出"怎忍分离"的追问，不明白对方怎么可以这样狠心。这同时也说明了两人在情感付出上的不对等，这样的薄情男子，未必值得她这样牵肠挂肚。因此词的下片写如今她对这段感情的反思。她首先想到的是恋人已经远去，就算自己后悔也追他不回，就算给他捎去想要重归于好的消息，只怕也是白费。更重要的是，即便她一厢情愿地"也拟重论缱绻"，对方是否会深情依旧呢？思来想去，她都觉得"纵再会，只恐恩情，难似当时"。由此可见，女子经过冷静、理智的思考，对破碎了的爱情并没有抱不切实际的幻想。

此词按照感情发展的线索，从回忆写到现实再转入对未来的设想，从两情相悦写到情感破裂，再写到分离后的心态以及对情感出路的思考，生动细腻地描绘出女子复杂的爱情心理，有一定的现实意义。

诉衷情

一声画角日西曛[1]。催促掩朱门。不堪更倚危阑,肠断已消魂[2]。　年渐晚,雁空频。问无因[3]。思心欲碎,愁泪难收,又是黄昏。

【注释】

1　画角:古代的一种军乐器,其形上小下大,外加彩绘装饰,故名。曛(xūn):日落时的余光,引申指日落、黄昏。

2　消魂:形容极度愁苦或悲伤。

3　无因:无由,没有办法。

【解读】

黄昏,飞鸟回巢安歇,忙碌一天的人们也纷纷归家休息,出门在外的游子,此刻往往容易滋生思归的情绪。同时,守候家中的思妇,此刻也往往涌起怀人之思。我国最早的诗歌总集《诗经》中就有"日之夕矣,羊牛下来。君子于役,如之何勿思"的吟唱,表现黄昏时分,思妇看到牛羊下山回圈时,触景生情,思念丈夫的场面。可见黄昏的意象,常常与思念、盼望紧紧相连。此词也描绘了这样一份盼望,更写出了盼望落空后的黯然神伤。

起句"一声画角日西曛",令人感到似乎是一声画角的吹响把太阳吹落了,突出了光阴飞逝给思妇带来的惊心之感。城门口已经传出催促关门的声音。这声音,更是触动了思妇敏感的神经。城门关闭,也就意味着关闭了她的期待、她的希望,意味着她一天的倚楼盼望又落空了。一个"更"字,突出了她倚立等待的时间之长。等待的落空,引出她"肠断"、"消魂"的情感宣泄。下片接着写她"消魂"的具体内容。"年渐晚",既可以理解为一年已渐到秋冬之季,是游子该归家的时候,也可理解为思妇青春老去,美好的年华在等待中耗尽。"雁空频",传说鸿雁可以传书,然而她只见鸿雁频繁飞过,却没有收到丈夫的任何书信。"问无因",因为失去联系,想要探问他一句为什么不给家里捎个信都没有办法做到。这三句,层层递进,揭示出思妇的等待希望渺茫,所以她"思心欲碎,愁泪难收"的悲切,就顺理成章。结句"又是黄昏",呼应首句,使词章结构紧密。同时,表明思妇已经在等待中,度过了许多个这样绝望的黄昏。黄昏的暗淡与思妇的黯然情绪相交融,一起营造了此词的哀伤情调。

戚 氏

晚秋天。一霎微雨洒庭轩[1]。槛菊萧疏[2]，井梧零乱惹残烟[3]。凄然。望乡关。飞云黯淡夕阳间。当时宋玉悲感，向此临水与登山[4]。远道迢递，行人凄楚，倦听陇水潺湲[5]。正蝉吟败叶，蛩响衰草，相应喧喧。　　孤馆度日如年。风露渐变，悄悄至更阑[6]。长天净，绛河清浅[7]，皓月婵娟[8]。思绵绵。夜永对景，那堪屈指，暗想从前。未名未禄，绮陌红楼[9]，往往经岁迁延。　　帝里风光好，当年少日[10]，暮宴朝欢。况有狂朋怪侣，遇当歌、对酒竞留连。别来迅景如梭[11]，旧游似梦，烟水程何限。念利名、憔悴长萦绊。追往事、空惨愁颜。漏箭移[12]、稍觉轻寒。听呜咽、画角数声残。对闲窗畔，停灯向晓，抱影无眠。

【注释】

1　一霎：一会儿。唐孟郊《春后雨》诗："昨夜一霎雨，天意苏群物。"庭轩：庭院里的廊子或小屋子。轩，有窗的廊子或小屋子。

2　槛（jiàn）菊萧疏：栏杆边的菊花稀稀落落，满目萧条。槛，栏杆。

3 井梧：井边梧桐。古代井边常种植梧桐，故诗词里常写到井与梧桐，如王昌龄《长信怨》："金井梧桐秋叶横，珠帘不卷夜来霜。"李煜《采桑子》："辘轳金井梧桐晚，几树惊秋。"

4 "当时"二句：宋玉在此处登山临水时，心情也感悲凉。宋玉《九辩》："悲哉秋之为气也！萧瑟兮草木摇落而变衰。憭慄兮若在远行，登山临水兮送将归。"

5 陇水：乐府《横吹曲辞》中有《陇头水》之曲，多抒发征戍之悲。

6 更阑：更声将尽，意为深夜。

7 绛河：银河的别名。唐元稹《月三十韵》："绛河冰鉴朗，黄道玉轮巍。"

8 婵娟：此处形容月色美好。唐刘长卿《琴曲歌辞·湘妃》："婵娟湘江月，千载空蛾眉。"

9 绮陌红楼：此指歌楼妓馆所在之地。

10 当年少日：正值青春年少的时候。

11 迅景如梭：如穿梭一样迅速流走的时光。景，日光。

12 漏箭移：时间推移。漏箭，古代计时器漏壶上的一种设备。

【解读】

这是一首三叠的长调，由柳永首创。宋代有人称许此词,说"《离骚》寂寞千年后,《戚氏》凄凉一曲终"(王灼《碧鸡漫志》卷二),将它与屈原的《离骚》相提并论。可见除了创调之功外,此词思想艺术上的成就也不容忽视。

词的上片,描绘晚秋薄暮之景。先写登临所见:微雨飘洒庭廊,槛菊萧疏凋落,梧桐零乱枯黄,一抹残烟,给这些景物增添了几许凄凉。写完近景之后,词人以"望乡关"三字将视线拉出庭院,写所见远景——黯淡的飞云与夕阳,更突出了整个词境的萧条冷落。词人触景生情,滋生出宋玉那样的悲秋情绪。写完登临所见,转写所闻。"倦听陇水潺湲",既实写水流声,同时又以抒发征戍之悲的"陇水"意象,寓含自身的羁旅之愁。词人还由远及近,写完远处的流水,又写身边败叶枯草间秋蝉与蟋蟀的鸣声。上片的景物描写,为中片、下片抒写词人的行役之悲营造了合适的氛围。

中片、下片中,时间由上片的傍晚推移至深夜。词人孤身处在孤零零的驿馆,只觉度日如年。长夜无寐,他敏锐地感受到夜晚气候的变化,时光的流走。在清澈明朗的月夜星空下,他思绪绵绵,回到对往事的追思中。中片的后三句,与下片的前六句,都是写词人还没有被功名利禄牵绊之时,在京城度过的流连酒馆、浪迹"红楼"、"暮宴朝欢"的自由生活。然而好景不长,词人以一句"旧游似梦"从美好的回忆转入孤旅的现实,开始对目前的人生进行理性的反思。"念名利、憔悴长萦绊",表明词人对为了名利，牺牲人生乐趣的价值取向的深刻怀疑。在他追怀往事、思前想后，并为此愁颜惨淡的时候，一阵"轻寒"之感将他的思绪打断。词人的笔触因而再次回到景物描写，点明时间的流程，"听呜咽"四句，写天亮了，"抱影无眠"的一宿就这样过去了。

　　此词篇幅虽长，却脉络清晰。词人以时间的流程与空间的转换为线索，有条不紊地叙述了他的羁旅愁绪。情景结合，虚实相生，跌宕起伏，又井然有序，是此词的突出特点。

引驾行

虹收残雨。蝉嘶败柳长堤暮。背都门、动消黯，西风片帆轻举。愁睹。泛画鹢翩翩[1]，灵鼍隐隐下前浦[2]。忍回首、佳人渐远，想高城、隔烟树。　　几许。秦楼永昼[3]，谢阁连宵奇遇[4]。算赠笑千金，酬歌百琲[5]，尽成轻负。南顾。念吴邦越国，风烟萧索在何处。独自个、千山万水，指天涯去。

【注释】

1 画鹢（yì）：船的别称。《淮南子·本经训》有"龙舟鹢首"之句，高诱注曰："鹢，大鸟也，画其像于船头，故曰鹢首。"

2 灵鼍（tuó）：鼓的别称。鼍龙，又叫扬子鳄、猪婆龙，其皮可以制鼓。《史记·李斯列传》："建翠凤之旗，树灵鼍之鼓。"

3 秦楼：妓女的住所。

4 谢阁：谢家池阁的省称，乃妓女居处的代称。唐温庭筠《更漏子》词："香雾薄，透帘幕，惆怅谢家池阁。"

5 琲（bèi）：成串的珠子。晋左思《吴都赋》："金镒磊珂，珠琲阑干。"《文选》李善注："琲，贯也，珠十贯为一琲。"《说文新附》:"琲,珠五百枚也。"

【解读】

  江淹《别赋》开篇即言:"黯然销魂者,唯别而已矣。"确实,亲人朋友之间离别令人黯然神伤。尤其是离人刚刚登程的那一刻,不忍离别的留恋与必须离去的痛楚在心灵里交织碰撞,更令人难以承受。此词就是反映了词人的这种离别情绪。

  残雨过后,一条彩虹横贯天空。傍晚的长堤上,秋蝉在衰败的柳树间嘶鸣。词人就在这样萧瑟的秋天景色中离别了亲友,出了都门,心情黯淡地踏上旅途,坐着船儿扬帆登程。这两句中,"背"、"动"、"举"等动词,既突出了离别的紧迫感,又表达了词人离愁之浓厚。站在船头,眼看着画船翩翩前进,在水手的击鼓声中顺流而下,词人满脸愁容,因为他离亲友越来越远,心情也越来越沉重。尤其是想到与自己的恋人渐渐远隔千里,词人更加痛苦不堪,以致不忍回首观望。但他心中能够想象到,已经远隔烟树的高城之内,他的恋人或许还在翘首眺望,然而他却不能看到,怎不更加令人断肠?曾几何时,他在花街柳巷之内,度过了许多千金买笑、逐色征歌的日夜。在那里,神奇的命运让他遇到了倾心相爱的姑娘。而他轻率地离去,辜负了所有这些美好的过去,更辜负了他的心上人儿。如今,船儿向南行驶,他眺望着南方,不知自己会在"吴邦越国"的哪一处停留,在何种"风烟萧索"的境地中感受人生的凄凉。然而不管前途多么迷茫、心情多么沉重，词人都只能独自登程，走过千山万水，去向那远在天涯的地方。此词中，词人以站立船头眺望为视角，将离别的情景、别后的离愁、对美好过去的回忆以及对凄凉未来的设想贯穿起来，很好地表达了他心中的离情别绪。

彩云归

蘅皋向晚舣轻航[1]。卸云帆、水驿鱼乡。当暮天、霁色如晴昼[2],江练静[3]、皎月飞光。那堪听、远村羌管[4],引离人断肠。此际浪萍风梗,度岁茫茫。　　堪伤。朝欢暮宴,被多情、赋与凄凉。别来最苦,襟袖依约,尚有余香。算得伊、鸳衾凤枕,夜永争不思量[5]。牵情处,惟有临歧,一句难忘。

【注释】

1 舣(yǐ)轻航:将小船靠岸。舣,使船靠岸。轻航,轻舟,小船。

2 霁色:雨、雪转晴后的天色。

3 江练静:江流澄静,像白色的丝绢一样。语出南朝谢朓《晚登三山还望京邑诗》:"余霞散成绮,澄江静如练。"练,白色的熟绢。

4 羌管:即羌笛。

5 夜永争不思量:长夜漫漫,怎么会不思念。争不,怎不。

【解读】

此词乃羁旅行役之作。词的开篇即言经过一天辛苦的航行之后，傍晚时分小船停靠在水乡的河岸边。这时摆在词人眼前的是一幅清冷爽净的秋天暮色图：暮雨过后的天空朗白如昼，江流澄静，像一条白色的丝绢平铺开去，皎洁的月光，飞洒大地。整个环境，都是清白之色，给人几许清寒之感。在这样的夜色中，远处乡村传来哀怨凄凉的羌笛之声，引起离人的断肠愁绪。词人觉得自己就如"浪萍风梗"，茫茫然虚度年华。换头处以"堪伤"二字，紧承上片的喟叹，直接抒发词人心中的感伤。周济《宋四家词选》有云："柳词总以平叙见长。或发端，或结尾，或换头，以一二语勾勒提掇，有千钧之力。"此词的换头正是如此，将心中的愁郁一吐为快，达到震撼人心的效果。接着，词作就此展开铺叙，表明"堪伤"的具体内容：不久前还在与恋人多情地欢聚，如今只剩有襟袖上的余香。这情景，怎不凄凉？词人跟着设想，心爱的女子也会在漫漫长夜，孤枕难眠，思念着自己吧。从对方写起，既表明了词人时刻把恋人放在心上，也突出了他与恋人之间的深挚情义。在所有的回忆中，最牵动词人真情的，是临别时那"一句难忘"。这一句到底是什么，词人没有明言，词作至此蓦地收住，留下无穷余味，给读者体会。

离别难

花谢水流倏忽[1],嗟年少光阴。有天然、蕙质兰心[2]。美韶容[3]、何啻值千金[4]。便因甚、翠弱红衰,缠绵香体,都不胜任[5]。算神仙、五色灵丹无验[6],中路委瓶簪[7]。　　人悄悄,夜沉沉。闭香闺、永弃鸳衾。想娇魂媚魄非远,纵洪都方士也难寻[8]。最苦是、好景良天,尊前歌笑,空想遗音。望断处,杳杳巫峰十二,千古暮云深[9]。

【注释】

1 倏忽:很快地,忽然间。

2 蕙质兰心:形容女子品性高洁。蕙、兰,皆为香草。

3 韶容:青春美丽的容颜。

4 何啻(chì):何止,不止。

5 "缠绵"二句:久病缠身,经受不住疾病的折磨。缠绵,纠缠不已,不能解脱。

6 五色灵丹无验:灵丹妙药也没有效果。五色灵丹,典出魏曹丕《折杨柳行》:"西山一何高,高高殊无极。上有两仙童,不饮亦不食。与我一丸药,光耀有五色。"故后世常用"五色灵丹"代指仙药灵丹。

7　中路委瓶簪：半路夭亡。委瓶簪，指瓶沉水底难觅，簪断难续，借指女子死亡。

8　洪都方士：法术高明的道士。典出唐白居易《长恨歌》："临邛道士鸿都客，能以精诚致魂魄。"洪都，乃"鸿都"之误。方士，从事求神、炼丹等活动的法术之士。

9　"杳杳"二句：言曾与楚王欢爱的巫山神女不可再见，此喻与所爱的女子天人永隔。

【解读】

　　这是一首悼亡词，乃词人为悼念一个与他有过情缘而又青春夭亡的女子而作。词的上片叙事，下片抒情，结构清晰。起句以"花谢水流"等变动不居、倏忽改易的自然景物起兴，嗟叹这位女子年少弃世，青春夭折，美好的事物往往难以长久。接着词人着力刻画女子秀外慧中的品质以及倾国倾城的容貌，以此突出对她香消玉殒的惋惜之情，以及对她撒手人寰的深深不解。故而下文叙述她得病直至死亡的过程，却以"便因甚"领起，表明了词人"无语问苍天"的悲怆。上片以"中路委瓶簪"作结，既委婉地道出女子死亡的结局，收束上片之叙事，又以簪断难续暗示他们从此无法再续前缘，开启下片之抒情。自从她离世，沉沉深夜，香闺永闭，再也无法与她相依相伴、同床共枕。词人希望她的魂魄不会远离，但毕竟天人永隔，就算是法术高明之士只怕也难以寻觅。痛失所爱后的词人，对着"好景良天，尊前歌笑"，眼前却时常浮现她的音容笑貌,但"空想"二字,又使得他的思念如此徒劳,如此没有希望。这样的痛苦,真叫人情何以堪。词人以"望断处,杳杳巫峰十二,千古暮云深"作结,既含蓄指出自己与所爱女子天人永隔的事实,又以"望断"突出了他对所爱女子那份天上地下也隔离不了的痴心怀念,点明悼亡之主题。

击梧桐

香靥深深[1],姿姿媚媚[2],雅格奇容天与[3]。自识伊来,便好看承[4],会得妖娆心素[5]。临歧再约同欢,定是都把、平生相许。又恐恩情,易破难成,未免千般思虑。　　近日书来,寒暄而已,苦没忉忉言语[6]。便认得、听人教当[7],拟把前言轻负。见说兰台宋玉[8],多才多艺善词赋。试与问、朝朝暮暮。行云何处去[9]。

【注释】

1 香靥(yè):美女脸上的酒窝。靥,酒窝。

2 姿姿媚媚:姿态妩媚的样子。

3 雅格奇容天与:天生气质高雅、容颜出众。

4 看承:护持,关照。

5 会得妖娆心素:懂得美人的心思。妖娆,娇媚的女子。

6 忉忉:忧愁思念的样子。《诗经·齐风·甫田》:"无思远人,劳心忉忉。"

7 便认得、听人教当:便看做听人教唆。得、当,均为语气助词,无实意。

8 见说兰台宋玉:听说当年的才子宋玉。兰台宋玉,宋玉《风赋》云:"楚襄王游于兰台之宫,宋玉、景差侍。"后世因此称宋玉为兰台宋玉或兰台公子。

9　行云：比喻所爱的女子。典出战国宋玉《高唐赋》，详见《雪梅香》（景萧索）注释5。

【解读】

宋人杨湜《古今词话》中记载："柳耆卿尝在江淮倦一官妓，临别，以杜门为期。既来京师，日久未还，妓有异图，耆卿闻之怏怏。会朱儒林往江淮，柳因作《击梧桐》以寄之。"结果，那位妓女读了此词后，"泛舟来辇下，遂终身从耆卿焉。"这段佳话，虽未见得可信，但柳永此词被敷衍成这样的故事，也反映了词作本身动人的艺术魅力。

此词按时间线索展示了词人与所爱女子相识、相恋、分离、情变的全过程，结构简单明晰。首三句，描绘了所爱之人的美丽容貌、高雅风姿，侧面说明词人与她相见之后，就被她深深吸引，坠入爱河。相恋之中，词人表现了自己的一片痴情：他对她百般呵护，用尽办法讨她的欢心。接着写离别时的场面，突出了两人的约定。虽然有过海誓山盟，但分手前他们又重申了"平生相许"的盟约。上片以词人惴惴不安的思虑作结，虽然两人订下爱情的誓言，但词人还是不能放心，因为他明白妓女的职业特点，恐怕离去之后，他们的恩情也就"易破难成"。词人的这"千般思虑"，正反映了词人用情之深。下片集中描绘词人阅读恋人来信时的心态。他正放心不下之时，对方来信了,按理说这是件令人高兴的事。但敏感的词人却从中看到了感情危机,因为信的内容,只是"寒暄而已",完全没有亲密的关怀,更没有深切的思念。他由此预感到,恋人在别人的教唆下,变了心,"拟把前言轻负"。但他不忍责备对方,又不知如何挽回败局,结尾处,只好抬出写巫山神女故事的古人宋玉,问他可知道"朝朝暮暮,阳台之下"的神女去了哪里。这无奈的询问,明明不会有答案,却将词人对爱情的疑虑、苦恼真实地表达出来。一个深于情的赤诚男子形象,就这样树立在读者面前。

夜半乐

冻云黯淡天气，扁舟一叶，乘兴离江渚[1]。渡万壑千岩[2]，越溪深处[3]。怒涛渐息，樵风乍起[4]，更闻商旅相呼。片帆高举。泛画鹢[5]、翩翩过南浦。　　望中酒旆闪闪[6]，一簇烟村，数行霜树。残日下，渔人鸣榔归去[7]。败荷零落，衰杨掩映，岸边两两三三，浣纱游女。避行客、含羞笑相语。　　到此因念，绣阁轻抛，浪萍难驻。叹后约丁宁竟何据[8]。惨离怀，空恨岁晚归期阻。凝泪眼、杳杳神京路。断鸿声远长天暮。

【注释】

1 江渚（zhǔ）：江中小洲。渚，《诗经·召南·江有汜》："江有渚。"毛传："渚，小洲也。"

2 万壑千岩：语出《世说新语·言语篇》，顾长康赞美会稽（今浙江绍兴）一带的景致曰："千岩竞秀，万壑争流。草木蒙笼其上，若云兴霞蔚。"

3 越溪：此指若耶溪，在浙江绍兴县南若耶山下，相传为西施浣纱处，亦名浣纱溪。

4 樵风：顺风。南朝宋孔灵符《会稽记》："射的山南有白鹤，此鹤为仙人取箭。汉太尉郑弘尝采薪，得一遗箭，顷有人觅，弘还之，问何所欲，弘识其神人也，曰：'常患若耶溪载薪为难，愿旦南风，暮北风。'后果然。"后世把若耶溪这种好风称为"郑公风"，又名"樵风"。

5　画鹢：画船。

6　酒斾：酒旗。斾，古代末端像燕尾的旗，泛指旌旗。

7　鸣榔：榔为船后横木，渔人敲击之，鱼闻不敢动，利于渔人捕捉。

8　叹后约丁宁竟何据：可叹当初叮咛嘱咐今后的相约，竟然都不能实现。丁宁，即叮咛。何据，无据，没有准信。

【解读】

此词应是词人羁旅宦游于浙江时所作。上片写词人乘舟行经的路线。首句点明出发的时间是在一个阴云密布、快要下雪的冬日。词人乘着轻舟，游兴饱满地起程出发了。船只在若耶溪上航行，沿途"千岩竞秀，万壑争流"，美不胜收。经过了涛怒水急的险滩地带后，船儿来到了开阔之地，浪头渐渐平息，顺风刚好吹起，过往的商旅为此欢呼，纷纷扬帆疾行。词人乘坐的小船，也"翩翩"行经了南浦。"翩翩"二字，既点明了船儿的轻快，也表明了词人的兴致颇高。整个上片，感情基调都较为明快。中片写词人舟行途中所见。远望，烟霭朦胧中有一处村庄，几行经霜的树木矗立其间,村边挑起的酒旗迎风飘闪。江面上,渔人敲击着船舷,在夕阳中悠闲地把船摇向岸边。浅水里、河岸上,芰荷、杨柳都已残败凋零,稀稀疏疏地掩映着三三两两浣纱归来的女子。她们见有行客经过,躲避在一旁,含羞笑语。这里的人们,日出而作,日落而息,过着幸福平静的生活。对照之下,词人那埋伏心中的漂泊之感猛然涌起。尤其是"浣纱游女"的出现,更牵动了他对所爱女子的思念。因此,词的下片转写词人的怀人之思。"到此因念"承上启下,开始抒发自己的感触。"绣阁轻抛,浪萍难驻",后悔与爱人分离,感叹自身漂泊,构成了词人羁旅之愁的主要内容。因为漂泊,所以与爱人相见无期,必须承受分离的痛苦;因为离愁,所以更为归期受阻而心生遗憾。两种情绪交织一起,使词人悲情迸发,以致"凝泪眼"遥望爱人所在的京城。然而,他所能看到的,只有日暮下飞过长天的离群孤雁。结句以景言情,更衬托出词人的孤寂与落寞。

此词长于铺叙,前两片写景,后一片抒情,以从容不迫的笔调,按时间与空间的变化展现人物情感的变化,堪称佳作。

过涧歇近

淮楚。旷望极[1]，千里火云烧空[2]，尽日西郊无雨。厌行旅。数幅轻帆旋落，舣棹蒹葭浦[3]。避畏景[4]，两两舟人夜深语。　　此际争可，便恁奔名竞利去。九衢尘里[5]，衣冠冒炎暑[6]。回首江乡，月观风亭[7]，水边石上，幸有散发披襟处[8]。

【注释】

1　旷望极：旷野中极目远望。

2　火云：夏日之云。白居易《别行简》诗："岂是远行时，火云烧栈热。"

3　舣棹蒹葭浦：把船停在水边的芦苇丛里。舣，使船靠岸。棹，船桨。蒹葭，芦苇。浦，水边之地。

4　畏景：令人害怕的夏日酷暑。

5　九衢（qú）：纵横交错的街道。衢，四通之路。

6　衣冠：指缙绅之士。古代士人以上可以戴冠，故以之借代穿戴此种服饰的人。

7　月观风亭：可以乘凉的亭台楼阁。《宋书·徐湛之传》："广陵城旧有高楼，湛之更加修整，南望钟山。城北有陂泽，水物丰盛，湛之更起风亭、月观、吹台、琴室，果竹繁茂，花药成行。"

8　散发披襟：披散头发，敞开衣襟，指挂冠隐居。《后汉书·袁闳传》："延熹末，党事将作，闳遂散发绝世，欲投迹深林。"

【解读】

柳永的羁旅行役词以描写秋景居多，大概是秋天的凄清景象容易引发漂泊者的落拓情怀。但这首羁旅行役词，吟咏的却是旅途中的夏景。作品开篇点明词人所到之地，乃南方的"淮楚"一带。南方的夏天较为炎热，词人这里描绘的正是夏日炎炎的景象：他在旷野中放眼望去，只见千里红云，天空都仿佛燃烧了起来。再加上所到之处，整日整日都不下雨，使得旅途的状况苦不堪言，令人心生厌倦。傍晚时分，船只在芦苇荡边停靠下来。但夜晚的情形并不比白天好多少，因为实在太热，船上的人们睡不着觉，深夜里还传来三三两两的交谈声。恶劣的自然环境，更使词人对"奔名竞利"的生活厌烦不已。这里以景衬情，真实可信地描绘出词人的心态。冒着炎热的酷暑在尘世中奔走，实不可为。佛家常说，苦海无边，回头是岸。故词人在反思之后，以"回首江乡"一句，将描写的笔触返回到眼前之景，庆幸在岸边的"月观风亭，水边石上"，还有可以"散发披襟"的乘凉之处。同时，"回首"的意义在于，词人醒悟到，只要换个角度，原来人生还有另一种境界。"散发披襟"更是明显的双关语，既指眼前敞开衣襟乘凉，更暗含挂冠归隐之意。双关手法的运用，深化了词章的思想内涵，使作品于平常景物描写中寓含了人生的真意。

安公子

长川波潋滟[1]。楚乡淮岸迢递,一霎烟汀雨过[2],芳草青如染。驱驱携书剑。当此好天好景,自觉多愁多病,行役心情厌。　　望处旷野沉沉,暮云黯黯。行侵夜色[3],又是急桨投村店。认去程将近,舟子相呼,遥指渔灯一点。

【注释】

1　长川:长河,此处指淮河。
2　烟汀:烟雾笼罩的汀洲。
3　行侵:即将临近。侵,接近。

【解读】

此词与前首《过涧歇近》(淮楚)一样,都是词人羁留于淮楚一带时所作。《过涧歇近》中,词人因为夏日恶劣的自然气候,对行役生活产生了厌烦之意。此词所写的景物却相当优美,那么词人厌倦羁旅生涯的情绪是否会有所改变呢?

淮楚一带,河流湖泊众多,故词人开篇就以"长川波潋滟"写出水乡风景的特点。一阵急雨过后,烟笼汀洲,洲上草色青青,像被染过一样,十分清新美好。看到这样的"好天好景",词人却毫无喜悦之感,只是"自觉多愁多病，行役心情厌"。为什么呢？因为他已经深深厌倦为了功名，长年不停地奔走于"楚乡淮岸"那样曲折漫长的道路之上。《过涧歇近》以恶劣的自然环境正面烘托出词人对羁旅行役的厌倦之感，此词的上片则以美好的自然景物与恶劣的心境对比，以表现同样的主题，可见词人艺术手法的多样性。词的下片不再像上片直白地宣泄情感，只是描绘了一个夜晚投宿的情景。眼看旷野上的景物暗淡下来，夜色降临了，必须赶紧找地方投宿了。"又是急桨投村店"，表明了词人有过许多次这样的经历，厌倦之意表露无余。"舟子相呼，遥指渔灯一点"，使得词人一日奔波的生活可以暂告一个段落，词作也就在此画上句点。下片看似叙事，实则是对词人"行役心情厌"的具体说明，其含蓄不露的笔法，颇为高明。

轮台子

雾敛澄江,烟消蓝光碧。彤霞衬遥天,掩映断续,半空残月。孤村望处人寂寞,闻钓叟、甚处一声羌笛[1]。九疑山畔才雨过[2],斑竹作、血痕添色[3]。感行客。翻思故国[4],恨因循阻隔。路久沉消息[5]。　　正老松枯柏情如织[6]。闻野猿啼,愁听得。见钓舟初出、芙蓉渡头,鸳鸯滩侧。干名利禄终无益[7]。念岁岁间阻,迢迢紫陌[8]。翠蛾娇艳,从别后经今,花开柳拆伤魂魄[9]。利名牵役[10]。又争忍、把光景抛掷。

【注释】

1　甚处:什么地方。甚,什么。

2　九疑山:即九嶷山,在湖南宁远县南六十里。《史记·五帝本纪》:"(舜)南巡狩,崩于苍梧之野。葬于江南九疑,是为零陵。"

3　斑竹作、血痕添色:斑竹上的点点血痕更加鲜明。斑竹,即湘竹,亦称湘妃竹,上有斑痕,相传为舜帝二妃洒泪而成。晋张华《博物志·史补》:"尧之二女,舜之二妃,曰湘夫人。舜崩,二妃啼,以涕挥湘竹,尽斑。"

4　翻思故国:回想故乡。翻思,回想。杜甫《北征》:"翻思在贼愁,甘受杂乱聒。"故国,故乡。

5　路久沉消息：久在路上，没有家里的消息。沉，沉寂。

6　情如织：心乱如麻。如织，比喻思绪混乱纠结。

7　干：干进，谋求。

8　紫陌：京城郊野的道路。五代冯延巳《三台令》："春色，春色，依旧青门紫陌。"

9　花开柳拆伤魂魄：看到春天百花开放、柳树发芽而伤心。拆，裂开，绽裂。

10　利名牵役：受名利的牵制与奴役。

【解读】

柳永的羁旅行役词往往以景衬情，此词也不例外。词的上片、下片都是前半部分写景，后半部分言情。词的开篇，烟消雾散，澄碧的江水发出闪闪蓝光。远处的天边，已有红霞掩映，但半空中的残月还没有完全西沉。这是一派清净萧疏的黎明景象。行旅中的词人，已经赶早登程，望着拂晓的孤村，听到不知何处渔人吹响的哀怨羌笛声，寂寞之感油然而生。九嶷山一带才下过雨，山上的斑竹，被雨水冲洗过后，泪斑点点，更加醒目。竹上的斑痕，相传是舜帝的二妃为思念他而洒下的眼泪。故斑竹这一富有悲剧意味的意象，更是惹起行客心中的感触，牵动了词人的思乡之情，为目前与家里"因循阻隔"、失去联系的境况怅恨不已。下片仍从写景开始：眼中见到老松枯柏，耳中听到野猿悲啼，这些荒凉景致，加重了词人心中的愁绪。这时一只渔船从"芙蓉渡头，鸳鸯滩侧"悠悠驶出，看到渔人闲适的生活，词人再对比自身漂泊的处境，顿时对"干名利禄"的行为失去兴趣。更何况，那离开已久的京城里，还有美丽的姑娘，因为他的离别，至今在花前柳下伤心不已。词人的身子，被名利牵系拘役着四处奔波，然而他的心啊，又怎么抛舍得下这些美好的往事。此词情景交融，随着景物的变换，词人的思乡之情、厌倦名利之意、相思之苦，层层展现出来，沉痛的感情与凝重的词境妙合无间。

望汉月

明月明月明月。争奈乍圆还缺[1]。恰如年少洞房人，暂欢会、依前离别[2]。　　小楼凭槛处，正是去年时节。千里清光又依旧，奈夜永[3]、厌厌人绝[4]。

【注释】

1　乍：刚，才。
2　依前离别：仍像婚前一样不能长相厮守。
3　奈夜永：奈何长夜漫漫。
4　厌厌人绝：与心上人隔绝而精神不振。

【解读】

看到天上的满月，一般人心中会涌起花好月圆之类的愉悦情感。而此词却反其道行之，读者在词中看到的是一位女子在抱怨天上的明月。词作开篇就连呼"明月明月明月"，蓄积起强烈的气势，令人未读下文，就被望月之人心中浓烈的感慨震撼。只是没想到，望月之人竟然是在愤愤不平地抱怨，明月怎么才圆就转缺。月圆月缺，本是自然现象，这位女子的埋怨，未免不近情理。再读下去，发现她是由月的盈亏想到自己恋人的行为——"恰如年少洞房人，暂欢会、依前离别。"这时，读者才恍然大悟，原来这是一个月下怀人的场景。至此,不得不佩服词人构思的巧妙,以移情的手法将明月与相思结合,点明题旨。下片仍然围绕明月展开,以今昔对比进一步抒发相思之情。去年的这个时节,这位女子也一样在小楼上凭栏望月。然而去年看月的情景是否与今年一样呢?词中没有明言,以一句"千里清光又依旧"十分含蓄地写出物是人非之感。明月依旧,人是否依旧呢?很显然,去年人月两圆,女子是在恋人的陪同下赏月,如今却孤单一人,对月相思,所以顺理成章有了下文"奈夜永、厌厌人绝"的痛苦心境。此词以明月为线索,运用移情、今昔对比等手法,表达女子的相思,新意迭出。且感情浓烈,文笔洗练,是小令中的佳篇。

八六子

如花貌。当来便约[1]，永结同心偕老。为妙年、俊格聪明[2]，凌厉多方怜爱[3]，何期养成心性近[4]，元来都不相表[5]。渐作分飞计料[6]。稍觉因情难供，恁殛恼[7]。争克罢同欢笑[8]。已是断弦尤续，覆水难收，常向人前诵谈，空遣时传音耗[9]。漫悔懊[10]。此事何时坏了。

【注释】

1　当来便约：当初来时便约定。

2　俊格：俊朗的品质。格，品格、格调。

3　凌厉多方怜爱：热情百倍地多方面表达爱意。凌厉，形容迅速而猛烈，此指态度火热。

4　何期养成心性近：怎么料到养成的性格与我们女人相似。期，预料，料想。

5　元来都不相表：原来都表里不一。元来，原来。不相表，不相表里，言行不一致。

6　渐作分飞计料：逐渐有了劳燕分飞的想法。分飞，"劳燕分飞"的省称。

7　恁殛恼：便那样恼恨到要杀人的地步。殛，杀死。

8　争克罢同欢笑：怎么能将往日的欢笑都抹杀。克，能。罢，作罢。

9　空遣时传音耗：不时传递企图和好的消息，都是白费劲。

10　漫悔懊：白白懊悔。漫，空、白白地。

【解读】

　　此词与《驻马听》（凤枕鸾帏）一样，都写一个女子遇人不淑的命运，但又难以斩断情丝的苦恼。上片回忆这段感情从开始到渐渐出现裂痕的经过。开篇以"如花貌"三字，表明女子的年轻美貌，是对方对她一见钟情的重要条件。这样的感情基础，未见得牢靠。但男子一与她相识，便展开热烈的追求，对她许下"永结同心偕老"的誓言。女子就这样在对方的猛烈的爱情攻势下，渐渐动了情，为他的英俊聪明所吸引，与他真心相爱。谁知男子得到她的感情之后，就逐步表现出本来面目。原来他是三心两意的性子，言行不一，很快把曾经说过的海誓山盟抛诸脑后，起了与她分手的意思。下片接着描述这段感情的破裂以及破裂后女子的心理。因为男子有了另觅新欢之意，便不断找茬，想跟女子分手。稍不如意，便恼羞成怒，最终将女子抛弃。而这痴情的女子，直至分手都不明白，他怎么能转眼就把两人从前的甜蜜恩爱抛在脑后了呢？面对这段感情破裂的事实，女子还是割舍不下，常常跟人谈起。这样做，似乎是从外部寻求同情和安慰，更深一层的目的，却是想将她的爱意传到男子那里，希望他能够回心转意。不过一切努力都白费了。女子只有空自懊悔，苦苦寻思"此事何时坏了"。殊不知,她将自己的全部爱意寄托在一个轻浮男子身上,此事一开始就坏了。明知坏了,却仍难以自拔,女子的痴心可悲可叹。

—— 柳永词选

望海潮

东南形胜，江吴都会[1]，钱塘自古繁华[2]。烟柳画桥，风帘翠幕，参差十万人家[3]。云树绕堤沙。怒涛卷霜雪[4]，天堑无涯[5]。市列珠玑[6]，户盈罗绮竞豪奢[7]。　重湖叠巘清嘉[8]。有三秋桂子，十里荷花[9]。羌管弄晴，菱歌泛夜，嬉嬉钓叟莲娃。千骑拥高牙[10]。乘醉听箫鼓、吟赏烟霞[11]。异日图将好景[12]，归去凤池夸[13]。

【注释】

1　江吴都会：杭州旧属吴国，五代时吴越在此建都，故称江吴。

2　钱塘：即杭州。

3　参差（cēn cī）：形容楼阁高低不齐的样子。十万人家：宋王存《元丰九域志》卷五载当时杭州户口"主一十六万四千二百九十三，客三万八千五百二十三"。柳永写此词时杭州户口可能小于此数，但也不会相差太大，可见柳永基本上是写实。又宋吴自牧《梦粱录》卷十九："柳永咏钱塘词曰：'参差十万人家。'此元丰前语也。自高庙车驾由建康幸杭，驻跸几近二百余年，户口蕃息，近百万余家。"

4　怒涛卷霜雪：言钱塘潮涨之时奔涌的波涛白如霜

雪。宋周密《武林旧事》卷三："浙江之潮，天下之伟观也。自既望以至十八日为最盛。方其远出海门，仅如银线，既而渐近，则玉城雪岭，际天而来，大声如雷霆，震撼激射，吞天沃日，势极雄豪。"

5　天堑（qiàn）：天然险阻，指钱塘江。

6　市列珠玑：集市里摆满各种珠宝。玑，不圆的珠子。

7　罗绮：指歌妓。竞豪奢：宋人纳妾蓄妓成风，有的人家蓄妓数十名，故曰。

8　重湖叠𪩘清嘉：湖中有湖，山外有山，重重叠叠，秀美清丽。重湖，白堤将西湖分为里湖和外湖。叠𪩘，重重叠叠的山峰。

9　"有三秋"二句：秋天桂花飘香，荷花盛开。桂子，桂花。

10　千骑拥高牙：太守带人出巡，高挂的牙旗飘扬，十分威风。千骑，指太守。宋代一般的知州相当于汉代的太守。牙，牙旗，军前的大旗。知杭州者又兼两浙西路安抚使、马步军都总管，简称"帅臣"或"连帅"，故将其出行时的仪仗称作"牙旗"。

11　烟霞：指山光水色。

12　图将：画出。

13　归去凤池夸：祝愿杭州帅将来做宰相。凤池，凤凰池，中书省所在地，故唐宋人以凤池指代宰相。

【解读】

　　此词描摹东南大都会杭州的繁荣景象与美丽风光，气势磅礴，宏伟壮丽，兼豪放的笔法与婉约的情致，将"承平气象，形容曲尽"（陈振孙《直斋书录解题》），表现出词人不俗的艺术功力。

　　发端三句，总绘杭州全景："东南形胜"指出其地理位置的重要，"江吴都会"点明其社会地位的重要，"钱塘自古繁华"总括其悠久的历史。同时，"都会"、"形胜"、"繁华"是杭州的突出特点，词人接下来的笔墨都是围绕这三点展开。"烟柳"下面三句，紧承"都会"，写杭州城内的旖旎风光、雅致民居、繁盛人口。"云树"以下三句，紧承"形胜"，写钱塘江堤迤逦曲折，钱塘江潮汹涌澎湃，使杭州城占据险要之形势。其中"烟柳画桥，风帘翠幕"，"云树绕堤沙"等描写笔调婉约，而"怒涛卷霜雪，天堑无涯"等景物气势豪阔，秀美与壮美和谐地统一在词人笔下。"市列珠玑，户盈罗绮竞豪奢"则承"繁华"而来，夸赞杭州商业的繁荣，市民的殷富。下片前半部分描述西湖嘉景："重湖叠巘清嘉"总写西湖一带的湖山之美。"三秋桂子，十里荷花"代表西湖乃至杭州的四时风物之美。"羌管弄晴，菱歌泛夜，嬉嬉钓叟莲娃"写出湖上昼夜笙歌，赞美了杭州百姓怡然自得的生活。"千骑"以下各句，归美郡守。因为是投赠之作，词人以"乘醉听箫鼓、吟赏烟霞"等句突出郡守的风流儒雅。末尾两句，更设想也是祝愿他日后荣登相位。这既歌颂了郡守的良好政绩，又表明杭州之美，确实值得夸耀。这位郡守，有的说是指孙何，有的说是指孙沔。

据说，"此词流播，金主亮闻歌，欣然有慕于'三秋桂子，十里荷花。'遂起投鞭渡江之志。"（南宋罗大经《鹤林玉露》卷一）此说虽未必有据，但柳永此词动人的艺术魅力于此可见。

玉蝴蝶

望处雨收云断,凭阑悄悄,目送秋光。晚景萧疏,堪动宋玉悲凉[1]。水风轻、蘋花渐老[2],月露冷、梧叶飘黄。遣情伤[3]。故人何在,烟水茫茫。　　难忘。文期酒会[4],几孤风月[5],屡变星霜[6]。海阔山遥,未知何处是潇湘。念双燕、难凭远信[7],指暮天、空识归航[8]。黯相望。断鸿声里,立尽斜阳。

【注释】

1 宋玉悲凉:宋玉的悲凉情绪。详见《雪梅香》(景萧索)注释2。

2 蘋花:生长在浅水中的蘋草夏秋间开的小白花。

3 遣情伤:令人心情感伤。遣,使、令。

4 文期:文友们相约在一定的时间诗词唱和。

5 几孤风月:几番辜负了大好时光。孤,辜负。风月,指清风明月的美好景色。

6 屡变星霜:时间不断推移。星,指岁星,亦名木星、太岁,古人以其经行之方位纪年。

7 双燕、难凭远信:飞舞着的双燕难以到远方传送书信。五代王仁裕《开元天宝遗事》:"长安豪民郭行先,有女子绍兰适巨商任宗,为贾于湘中,数年不归,复音书不达。绍兰目睹堂中有双燕戏于梁间，兰长吁而语于燕曰：'我闻燕子自海东来，往复必经由于湘中。我壻离不归数岁，蔑有音耗，生死存亡，弗可知也。欲凭尔附书投于我壻。'言讫泪下。燕子飞鸣上下，似有所诺。……兰遂小书其字系于足上，燕遂飞鸣而去。任宗时在荆州，忽见一燕飞鸣于头上。宗讶视之，燕遂泊于肩上，见有一小封书系于足上。宗解而示之，乃妻所寄之书。宗感而泣下，燕复飞鸣而去。"此处言燕子不能传信，反用其典。

　　8　空识归航：南朝谢朓《宣城郡出新林浦向板桥》诗有"天际识归舟，云中辨江树"之句，此处言"空"，意为归期未卜。

【解读】

　　此词是登高怀人之作。全文以一"望"字领起，上片描绘所望之景物，下片抒发望景而生之情。词人凭栏而立，视线所到之处，"雨收云断"，一派萧索疏朗的秋景。这晚秋景象，牵动了词人的悲秋情绪，使他像宋玉一样涌起"廓落兮羁旅而无友生"（《九辨》）的感慨。但写到这里，词人并不直接抒发怀人之情，而是融情入景，细致描摹了眼前颇有诗情画意的秋天景物：秋风轻拂水面，白色的蘋花渐渐老去；月寒露冷的时节，变黄的梧叶片片飘落。词人以"水风"、"蘋花"、"月露"、"梧叶"这样的景物，形象地展现了深秋季节的鲜明个性。同时，"蘋花渐老"、"梧叶飘黄"又与词人漂泊羁旅、年华老去的人生处境有某种相似，故一切景语皆情语也。"轻"、"老"、"冷"、"黄"四字，以轻盈细腻的笔触勾勒出清幽萧瑟的秋景，更烘托出词人孤寂、冷清的漂泊之感，自然引出他"遣情伤"的情绪宣泄。"故人何在，烟水茫茫"则是他情伤的具体内容。故人茫茫，烟水茫茫，情景交融，点出怀人主旨。过片紧承上片对故人的思念，以"难忘"转入与故人一起度过的"文期酒会"的美好回忆，反衬出词人与故人分离之后的孤独与痛苦。"几孤"、"屡变"更说明了他在外飘零时间之长，更增添了词人离愁的深重程度。"海阔山遥，未知何处是潇湘"，暗用梁柳恽《江南曲》"洞庭有归客，潇湘逢故人"的句意，再次突出"故人何在，烟水茫茫"的迷茫，并将词人从回忆拉回到目前。眼前燕子双飞，但难以到远方传送书信，怅惘的词人，只能"指暮天、空识归航"，翘首盼望终归是一场空。故而，词人的"望"只能是"黯相望"。此处再次点明"望"的状态，与开篇呼应。"断鸿声里，立尽斜阳"，则既指明词人痴痴盼望的时间之久，又以断鸿的哀鸣、斜阳的冷落，烘托出怀念故人而无法相见的哀怨孤寂之情。情与景，在此词中水乳交融，难以两分。

满江红

暮雨初收,长川静、征帆夜落。临岛屿、蓼烟疏淡,苇风萧索[1]。几许渔人飞短艇,尽载灯火归村落。遣行客、当此念回程,伤漂泊。

桐江好[2],烟漠漠。波似染,山如削。绕严陵滩畔[3],鹭飞鱼跃。游宦区区成底事[4],平生况有云泉约[5]。归去来、一曲仲宣吟,从军乐[6]。

【注释】

1 "蓼烟"二句:疏烟笼着红蓼,冷风拂过芦苇,景色萧索。

2 桐江:即富春江,在浙江桐庐县境内。

3 严陵滩:即严陵濑,在浙江桐庐县境内,因东汉严光隐居于此而得名。

4 游宦区区成底事:在外地做一个微不足道的小官,能成就什么事业。游宦,出外做官。区区,事情不重要。底事,何事。唐刘肃《大唐新语·酷忍》:"天子富有四海,立皇后有何不可,关汝诸人底事,而生异议!"

5 云泉约:隐居山林的志向。云泉,白云清泉,借指美好的自然风景。唐白居易《偶吟》之一:"犹残少许云泉兴,一岁龙门数度游。"

6 "归去"三句:回去吧,像王粲那样谱写《从军行》的词曲。归去来,语出晋陶渊明《归去来兮辞》:"归去来兮,田园将芜胡不归。"仲宣,东汉文人王粲的字。粲乃建安七子之一,早年不得志,后为曹操所重,随之出征归京,作有描写军旅生活的《从军行》五首。

【解读】

这是柳永在浙江任睦州(今浙江省建德市)团练推官时所作,表达了对游宦生涯的厌倦,对隐居生活的向往。开篇以景物描写为全词奠定了萧瑟清冷的氛围。一阵暮雨过后,江水澄静清凉。夜晚来临,词人乘坐的船只就泊在江岸边。对面岛屿上,疏烟淡淡地笼罩着水蓼,风吹芦苇发出萧索的响声。这幅凄清的秋景,已经给词人的心境增添了几分凄凉。这时,江上有几许渔火闪烁移动,原来是打鱼归来的渔人飞快地划着小船,归向村落。与渔人早出晚归的安定生活相比,词人更感到自己作为羁旅行客的悲伤与无奈,思乡之情、漂泊之感油然而生。下片词人仍以写景起笔。富春江上雾蒙蒙,碧波似染,山峰如削。南朝吴均在《与宋元思书》中细致描绘了富春江的奇山异水之后,以"鸢飞戾天者,望峰息心;经纶世务者,窥谷忘反"表示这里引人入胜的美景,往往令人顿生归隐之心。更何况,东汉著名的隐士严光就曾隐居江畔,严陵滩由此得名。因此词人乘船绕过滩畔时,看到"鹭飞鱼跃"的自然风光,更对自己的游宦生涯产生深深怀疑:为了区区蝇头小利而一生奔波到底算什么事呢?何况自己平生就有隐居山林的志向。末尾连用两个典故："归去来"，出自晋宋之际著名隐士陶渊明的《归去来兮辞》，乃是陶渊明隐居的宣言；"一曲仲宣吟，从军乐"，指建安七子之一的王粲随曹操出征所作的《从军行》五首，其中有感慨行役之辛苦及怀念家乡的内容。词人以此点明题旨，表达自己的归隐之意。不过"仲宣吟"的典故中，又多少透露出词人希冀像王粲一样，老有所遇，建功立业的心理。这也是柳永未曾真正归隐的一个重要原因。

满江红

万恨千愁,将少年、衷肠牵系。残梦断、酒醒孤馆,夜长无味。可惜许枕前多少意[1],到如今两总无终始[2]。独自个、赢得不成眠,成憔悴。　　添伤感,将何计。空只恁,厌厌地。无人处思量,几度垂泪。不会得都来些子事[3],甚恁底抵死难拚弃[4]。待到头、终久问伊着,如何是[5]。

【注释】

1　可惜许枕前多少意:可惜了当时枕上的柔情蜜意。许,助词。

2　到如今两总无终始:到现在两人的感情总还没有美满的结局。终始,偏义复词,偏指终。

3　不会得都来些子事:不知道原来为了这点事。会得,料到、知道。都来,算来、想来。些子事,这点事。

4　甚恁底抵死难拚弃:为什么总是这样难以割舍。甚恁底,为什么这样。抵死,硬是、总是。拚弃,舍弃、割舍。

5　如何是:为什么会这样。

【解读】

　　柳永的羁旅怀人之词，擅长借景抒情，但此词通篇没有景物描写，而是以直白的口语描写一名男子孤馆夜深时的相思情状与心态，另有一番风味。

　　词作以开门见山之法，点明主旨，将一个为相思牵肠挂肚、满怀愁绪的男子形象展现在读者面前。然后，才叙述男子相思的具体情状：在孤零零的驿馆中，他残梦中断，从酒醉中醒来，难以成眠，甚感"夜长无味"。三言两语，将男子孤寂、潦倒的面目勾勒出来。长夜无眠，他回忆起与恋人之间甜蜜的往事，这与他孤馆独处的现状形成鲜明对照，使他难免思前想后，故词作细腻刻画了他的这种心态：想当时两人枕上是何等柔情蜜意，而到现在感情还没有美满的结局，岂不可惜？因为这样，自己如今落得独自不能成眠、一身憔悴的境地。词的下片，就男子的"憔悴"展开铺叙，将他的心理流程一一展示：这样感伤憔悴，又有什么办法呢？只能徒然看着自己萎靡不振。为了这份感情，他在背着人的地方就忍不住思量，忍不住垂泪。不知道原来这么点事，却可以这样难以割舍。等到有天相思了结，与她相见，终归要问问她，为什么会这样？下片中男子相思的具体表现，如"无人处思量，几度垂泪"、"甚恁底抵死难拚弃"等情状，我们在柳永写女子相思的词中常常看见。读了此词，才发现为相思垂泪不是女人的专利。为爱情"垂泪"的男子，赤诚得可爱。

洞仙歌

乘兴,闲泛兰舟,渺渺烟波东去。淑气散幽香[1],满蕙兰汀渚[2]。绿芜平畹[3],和风轻暖,曲岸垂杨,隐隐隔、桃花圃。芳树外,闪闪酒旗遥举。　　羁旅。渐入三吴风景,水村渔市,闲思更远神京,抛掷幽会小欢何处。不堪独倚危樯,凝情西望日边[4],繁华地、归程阻。空自叹当时,言约无据[5]。伤心最苦。伫立对、碧云将暮。关河远,怎奈向、此时情绪[6]。

【注释】

1　淑气:温和之气。晋陆机《悲哉行》:"熏草饶淑气,时鸟多好音。"

2　满蕙兰汀渚:即蕙兰满汀渚,意为河洲上长满了香草。蕙、兰,皆为香草名。汀、渚,都是水中小洲。

3　绿芜平畹:平原上长满了绿草。芜,丛生的草。畹,屈原《离骚》:"余既滋兰之九畹兮,又树蕙之百亩。"汉王逸注:"十二亩为畹。"《说文解字》以三十亩为畹。

4　凝情:神情专注。

5　言约无据:口头的约定没有凭据。

6　怎奈向、此时情绪:对此时伤感的情绪无可奈何。

向，语助词。

【解读】

　　此词与词人的另一首作品《西平乐》（尽日凭高目）一样，都是用以乐景写哀的方法表达他的羁旅愁思。上片写词人乘兴泛舟所见之景，描绘出一幅晴朗温煦的春日图画：江洲上长满了兰蕙，在温和的日光下散发着幽香。平原上绿草丛生，和风散发出暖意。迤逦的河岸上垂杨成行，目光穿越长长的枝条，隐隐可见桃花盛开的园圃。树林外，高举的酒旗在和风中闪闪飘动。词人目光到处，有美丽的春景，静谧的村庄。按理说，这样优美的风景画，应该让人赏心悦目才是。然而，词人心中涌起的，却是相思之愁。故下片以"羁旅"二字领起，点明词人漂泊在外的处境。"渐入三吴风景，水村渔市"收束上片的景物描写，并由此引发词人的羁旅之思。他的思绪飞向远处的京城，回到与恋人"幽会小欢"的地方。美好的过去，使他不堪承受现在"独倚危樯"的孤寂人生。他痴痴向西而望，那是繁华的京城所在之地。他想要归去，但游宦生涯身不由己，阻隔了他的归程。久久滞留在外，也不知道心上人是否依然为他守候。而他也只能空自叹息当时定下的口头约定无据可凭。因此，伤心的滋味使他更加痛苦。结尾处，"碧云将暮"的现实景物，以暗淡的色调，烘托出词人凄凉黯淡的"此时情绪"，情景相生。故而，此词整体上的写作手法是以乐景反衬哀情，结尾处是以哀景烘托哀情。不管乐景还是哀景，都鲜明地衬托出词人心中抹不去的哀愁。

望远行

长空降瑞,寒风翦,淅淅瑶花初下[1]。乱飘僧舍,密洒歌楼,迤逦渐迷鸳瓦。好是渔人,披得一蓑归去,江上晚来堪画[2]。满长安,高却旗亭酒价[3]。　　幽雅。乘兴最宜访戴,泛小棹、越溪潇洒[4]。皓鹤夺鲜,白鹇失素[5],千里广铺寒野。须信幽兰歌断,彤云收尽[6],别有瑶台琼榭[7]。放一轮明月,交光清夜[8]。

【注释】

1 瑶花:即瑶华,传说中的仙花。比喻雪花。唐张九龄《立春晨起对雪》:"忽对林庭雪,瑶华处处开。"

2 "乱飘"六句:化用唐郑谷《雪中偶题》诗:"乱飘僧舍茶烟湿,密洒歌楼酒力微。江上晚来堪画处,渔人披得一蓑归。"迤逦,曲折连绵。

3 旗亭:汉代称市楼为旗亭,唐宋称酒楼为旗亭。东汉张衡《西京赋》:"旗亭五重,俯察百隧。"《文选》薛综注:"旗亭,市楼也。立旗于上,故取名焉。"因酒楼常竖旗幡,故唐宋诗词中又用旗亭指称酒楼。唐李贺《开愁歌》:"旗亭下马解秋衣,请贳宜阳一壶酒。"

4 "乘兴"三句:典出《世说新语·任诞》:"王子猷居山阴,夜大雪,眠觉,开室,命酌酒。四望皎然,因起彷徨，咏左思《招隐诗》。忽忆戴安道，时戴在剡，即便夜乘小船就之。经宿方至，造门不前而返。人问其故，王曰：'吾本乘兴而行，兴尽而返，何必见戴？'"后世常以此典言泛舟访友之事，也借以咏雪。

5 "皓鹤"二句：在大雪之中，白鹤、白鹇的白色羽毛都有些黯然失色。引用南朝宋谢惠连《雪赋》成句："皓鹤夺鲜，白鹇失素。"

6 "须信幽兰"二句：意为雪停了。幽兰，宋玉《讽赋》："臣援琴而鼓之，为《幽兰》、《白雪》之曲。"后世遂以"幽兰歌"为咏雪的典故。彤云，阴云。唐宋之问《奉和春日玩雪应制》诗："北阙彤云掩曙霞，东风吹雪舞山家。"

7 瑶台琼榭：台、榭为雪所染，故云。南朝宋谢惠连《雪赋》："庭列瑶阶，林挺琼榭。"

8 "放一轮"二句：意谓明月升起，与地上的雪景交相辉映，这样的夜晚多么清朗。化用唐李商隐《无题》："如何雪月交光夜，更在瑶台十二层。"

【解读】

此词吟咏了一场瑞雪。首三句，总括大雪初下时纷飞的姿态。俗话说瑞雪兆丰年，词人将下雪称为"长空降瑞"，将雪花称为"瑶花"，奠定了词作喜悦明快的基调。寒风也不再面目狰狞，而似一个裁剪工，雪花就是由它精心剪出。接下来，词作描画雪景及雪中的人物活动。"乱飘"至"堪画"等句，总括了大雪飘洒在陆地上、江上的情景。纷纷扬扬的雪花，将傍晚的景色装点得如诗如画，也助长了人们的雅兴，抬高了"旗亭酒价"。在瑞雪带来的喜庆气氛下，词人更以王子猷雪中访友的故事，凸显了雪花的清新喜人，刻画了与瑞雪一样脱俗的名士风流，使人感受到清洁的雪花不仅美化了环境，更净化了心灵，对这场瑞雪由衷喜爱。"皓鹤夺鲜，白鹇失素"、"幽兰歌"、"瑶台琼榭"、"交光清夜"等词句，都是化用前人诗句，以典雅的语言、空灵的意境，突出了雪天的幽雅景致与人物的高洁雅兴，进一步深化了主题。此词或用典故、或化用前人诗句诗意，开了后来词人掉书袋风气之先，在柳词中别具一格。

八声甘州

对潇潇、暮雨洒江天,一番洗清秋。渐霜风凄惨,关河冷落,残照当楼。是处红衰翠减[1],苒苒物华休[2]。惟有长江水,无语东流。

不忍登高临远,望故乡渺邈[3],归思难收。叹年来踪迹,何事苦淹留[4]。想佳人、妆楼颙望[5],误几回、天际识归舟[6]。争知我、倚阑干处,正恁凝愁。

【注释】

1 是处红衰翠减:到处花木凋零。是处,处处,到处。

2 苒苒物华休:随着时光的流逝,美好的景物逐渐消逝。苒苒,指时光逐渐流逝。屈原《离骚》:"老苒苒其将至兮。"

3 渺邈:遥远渺茫。渺,渺茫。邈,遥远。

4 淹留:长久滞留。淹,长时间停留。

5 颙(yóng)望:仰望;翘首远望。

6 误几回、天际识归舟:似从温庭筠《望江南》"过尽千帆皆不是,斜晖脉脉水悠悠"化出。

【解读】

柳永在创作了大量俗词的同时,也写出了不少千古流芳的雅词。这首词就堪称柳永雅词的代表作,苏东坡曾说:"世言柳耆卿曲俗,非也。如《八声甘州》云:'霜风凄紧,关河冷落,残照当楼',此语于诗句不减唐人高处"(宋赵令畤《侯鲭录》卷七)。

这首词意境极为开阔,遣词造句多有神来之笔。开篇一个"对"字和一个"洗"字,点出一番肃杀凄凉的晚秋景象,怎不劈头给人一种清冷落寞之感?你看看那暮雨、霜风、残月,真可谓秋风秋雨愁煞人!更何况草木凋零,江水东去,又让人平添年华易逝、今非昔比之感。仅仅是如此一番秋景,就足以令读者百感交集。然而,词的重心并不在写景,而在于借景抒情,渲染作者内心对人生无常、命运多蹇的感慨。作者由登高而思远,不禁愁绪纷纷:一则远怀故土,萌生归意;二则缅怀往昔,漂浮如萍;三则怀念心上人,经过几度春秋,是否还识得"归舟"。如此独倚阑干,前思后想,多少往事多少愁,都随风雨到心头!然而,作者面对晚秋的无限愁怨,除了空自嗟叹,又有谁人知?整部作品由近及远,由景及人,由实及虚,步步紧逼,结构紧密而富于变化。

竹马子

登孤垒荒凉，危亭旷望[1]，静临烟渚。对雌霓挂雨[2]，雄风拂槛[3]，微收烦暑。渐觉一叶惊秋[4]，残蝉噪晚，素商时序[5]。览景想前欢，指神京，非雾非烟深处[6]。　　向此成追感，新愁易积，故人难聚。凭高尽日凝伫。赢得消魂无语。极目霁霭霏微[7]，暝鸦零乱[8]，萧索江城暮。南楼画角，又送残阳去。

【注释】

1　危亭旷望：在高亭上极目远望。危，高。旷，远。

2　雌霓：彩虹。《尔雅注》："虹双出，色鲜盛者为雄，雄曰虹；暗者为雌，雌为霓。"

3　雄风：清风。宋玉《风赋》："清清泠泠，愈病析酲，发明耳目，宁体便人，此所谓大王之雄风也。"

4　一叶惊秋：典出《淮南子·说山训》："见一叶之落而知岁时之将暮。"后人借此咏叹秋天到来。

5　素商：秋天。南朝梁元帝《纂要》："秋曰素商，亦曰素秋。"商，五音之一，于四时为秋，故古人称秋为商、素商、商秋。

6　非雾非烟：《史记·天官书》："若烟非烟，若云非云，郁郁纷纷，萧索轮囷，是谓卿云。卿云，喜气也。若雾非雾,衣冠而不濡,见则其域被甲而趋。"后世遂以"非雾非烟"咏祥瑞征兆。此处形容神京的喜庆热闹。

7 霁霭霏微:雨后云雾迷蒙。霏微,雾气、细雨等弥漫的样子。

8 暝鸦:暮色中的乌鸦。

【解读】

此词借秋日景象抒写离愁别绪。首先映入读者眼帘的是古代战争留下的断壁残垣,登临危亭,极目一望,令人想起后来苏东坡"故垒西边"之叹。作者连用了登垒、亭望、静渚三处动静相生的意象,让人感到除了荒凉,便是空旷。这同时也是作者对于地点的交待。而时间呢?则是烦暑渐收,秋雨乍飘的初秋时节。古人由一叶而知秋至,柳氏妙笔一改,化做"一叶惊秋",真切地表达出对季节急剧转换的诧异之感。再配以"蝉噪"为画中音,更让人感到秋意瑟瑟、秋凉阵阵。作者笔锋一转,由古战场的落寞联想到京城的繁华,在非烟非雾中遥想自己当年在汴梁的惬意生活,及如今远隔千里的故旧前欢,不禁倍觉孤寂难耐。于是,新愁旧愁,一齐涌上心头。多愁善感使柳永的神经既敏感又脆弱,要排遣这万千愁绪,抚慰他那颗极易受伤的心,在这形单影只的秋雨中,惟有靠终日的伫立思念和梦里贪欢。然而,终究是故人难聚,内心的苦闷仍旧无法用言语来表达。经过一天的极目远眺,已是日暮鸦归,南楼内又传来角声阵阵。再回头看看,残阳如血。

哎，何时才能回到京城，何时才能见到故友旧爱？茫茫暮色之中，有谁能解开他心头的愁结？万般无奈之下，词人只好走下高台，独自踏着斜阳归去。此词写景抒情，浑然一体。虽嫌雕琢，而不失精细；虽略直露，而不失余味，足堪玩索。

迷神引

一叶扁舟轻帆卷。暂泊楚江南岸[1]。孤城暮角[2],引胡笳怨[3]。水茫茫,平沙雁、旋惊散。烟敛寒林簇,画屏展。天际遥山小,黛眉浅[4]。

旧赏轻抛[5],到此成游宦。觉客程劳,年光晚。异乡风物,忍萧索、当愁眼。帝城赊[6],秦楼阻,旅魂乱[7]。芳草连空阔,残照满。佳人无消息,断云远。

【注释】

1 楚江:长江流经楚地的那一段。李白《望天门山》:"天门中断楚江开,碧水东流至此回。"

2 暮角:日暮时分响起的画角声。

3 胡笳:古代北方民族的管乐器,其音悲凉。杜甫《独坐二首》:"胡笳在楼上,哀怨不堪听。"

4 黛眉浅:此指山色如女子淡淡的娥眉。

5 旧赏:过去的知交。

6 帝城赊:京城遥远。赊,远。

7 旅魂:旅途漂泊的心境。

【解读】

柳永年近五十才踏入仕途,对官场表现出相当的不适应。久居外地，很是不得志，这使得他的为官生涯总是笼罩在孤寂之中，充斥着万般的无奈和苦闷。开篇用"帆卷"、"暂泊"说明作者远徙异地，旅途劳顿。"孤城"既写实景，又虚指作者远离亲朋，初到异地，形影相吊。词人走出船舱，见水波茫茫，一行正在岸边栖息的大雁被停船所惊，四散飞去，消失在烟波深处。作者的视线受惊雁的牵引，看到天边的远山依稀朦胧，犹如少女浅施淡眉。此情此景，再以"暮角"和"胡笳"作为背景音乐，点缀其间，更烘托出一种孤苦和寂寞的氛围。一个"怨"字，无意间泄露了作者内心的所有秘密。所怨者何？一来舍弃旧欢，离乡宦游至此；二来年事已高，还要受这奔波劳顿之苦；三来这萧索寂寥的他乡风物，不由得勾起他对故土的无限愁思。何时能重返京都，到歌楼廊坊里一醉方休呢？想到这里，作者便对不知尽头的宦游之旅充满了厌倦，恨不能早日解脱。一阵遐思和埋怨之后，回过神来看眼前的连天芳草，落日余晖，梦中之人仍无半点音讯，犹如天边的断云，只能望而兴叹。作者以往昔京都的声色迷乱和眼前的落寞孤寂进行对比，揭示出自己生活的矛盾状态。鱼与熊掌不可兼得，既然踏上仕途，就注定要饱受离愁别绪之苦。即便是交通便捷的现代社会，人们又何尝能摆脱这种矛盾状态。

六么令

淡烟残照,摇曳溪光碧[1]。溪边浅桃深杏,迤逦染春色。昨夜扁舟泊处,枕席当滩碛[2]。波声渔笛。惊回好梦,梦里欲归归不得。　展转翻成无寐,因此伤行役。思念多媚多娇,咫尺千山隔。都为深情密爱,不忍轻离拆。好天良夕。鸳帷寂寞[3],算得也应暗相忆。

【注释】

1 摇曳溪光碧:溪流中碧波荡漾。

2 枕席当滩碛(qì):安寝之处正对着沙石滩。碛,沙石积成的浅滩。

3 鸳帷寂寞:暗指女子独眠。鸳帷,绣有鸳鸯的帷帐。

【解读】

词的开篇,浓墨重彩地描绘出江南的大好春光:在淡淡的烟霭与落日的余晖交织而成的迷离世界中,清澈的溪水发出闪闪碧光,摇曳多姿,溪边浅红的桃花、深红的杏花相映成趣,沿着溪流,两岸亮丽的春景连绵不绝。一个"染"字,传神地涂抹出春天大红大绿、色彩明快的面貌。然而身处这样的美景中,词人却没有丝毫喜悦,他的思绪还沉浸在昨夜的梦中，词章由此转入回忆。词人首先回忆起昨夜的经历。昨夜，他乘坐的扁舟停泊在沙石滩边，他睡眠中所做的归家美梦，就是被"波声渔笛"惊断。现实中漂泊在外，不能归回，只有在梦中归去，本已令人惆怅。而梦又被惊破，梦中都无法归家，这便是双重失落了。故而词人被惊醒之后，辗转无法入眠，由此转入第二重回忆。词人回忆起心上人"多媚多娇"的姿态，以及与她之间的"深情密爱"，两情相悦的美好过去与两相分离的现实处境形成鲜明对比，词人心中的相思之苦表露无余。但词人并不写自己的凄惶与愁绪，而从对方着手，写她在"鸳帷寂寞"之中，暗暗思念自己。"一种相思，两处闲愁"的苦况，更使读者对词人羁旅行役的孤凄处境心生同情。此词用笔曲折，由现实的景致，转入回忆昨夜的美梦，再转入回忆与恋人两相厮守的当年，层层深入，以此展开词人的羁旅之愁、怀人之思，颇有韵致。

凤归云

向深秋，雨余爽气肃西郊[1]。陌上夜阑，襟袖起凉飙[2]。天末残星，流电未灭[3]，闪闪隔林梢。又是晓鸡声断，阳乌光动[4]，渐分山路迢迢。　　驱驱行役，苒苒光阴，蝇头利禄[5]，蜗角功名[6]，毕竟成何事，漫相高[7]。抛掷云泉[8]，狎玩尘土[9]，壮节等闲消。幸有五湖烟浪[10]，一船风月，会须归去老渔樵[11]。

【注释】

1　肃：肃杀。《吕氏春秋·季春》："季春行冬令，则寒气时发，草木尽肃。"

2　凉飙：凉风。飙，大风。

3　流电：此处指残星的流光。

4　阳乌：太阳。传说中太阳里有三足金乌，后人常以乌指代太阳。晋左思《蜀都赋》："羲和假道于峻歧，阳乌回翼乎高标。"

5　蝇头利禄：小小利禄。蝇头，比喻细小事物。

6　蜗角功名：微不足道的虚名。典出《庄子·则阳》："有国于蜗之左角者曰触氏，国于蜗之右角者曰蛮氏，争地而战，伏尸数万。"后世常喻为蜗角大小的名利争斗不已。

7　漫相高：随意地彼此夸耀。漫，任意。杜甫《闻官军收河南河北》："却看妻子愁何在，漫卷诗书喜欲狂。"高，抬高，夸奖。

8　抛掷云泉：放弃美好的自然风光不去欣赏，意指背离高洁的隐居生活。

9　狎玩尘土：混迹官场。狎玩，戏弄。尘土，尘世之事，此指官场。

10　五湖：春秋末年越国大夫范蠡功成身退，乘舟隐于五湖，后常以五湖代指隐居之所。

11　会须归去老渔樵：应该回去隐居，终老山间。会须，应当。老渔樵，以打鱼砍柴终老。

【解读】

此词写羁旅行役之感。上片描绘深秋早行的场景，下片叙述词人由此而生的归隐之意。深秋雨后的西郊，寒气肃杀。夜色将尽，天光未亮，词人就已踏上征途。凉风阵阵，掀动衣襟袖口。天空里尚未消逝的残星，流光闪闪，隔着林梢洒在行人身上，更添清寒之意。当雄鸡报晓的啼鸣响过之后，晨曦初露，迢迢山路才渐渐清晰地展现在行人面前。词人抓住夜色阑珊到东方渐白这一时间进程中深秋景物的特点，描绘出凄清、肃杀的环境氛围，突出了披星戴月的羁旅行役之苦，因而有了下片为此而生的慨叹。词人先是对行役游宦生活的价值产生怀疑。长年为公务辛劳奔走，一生中美好的光阴就这样虚度。虽然人们将那点蝇头小利、"蜗角功名"夸耀得意义重大，其实又能成就什么事业呢？这样做，徒然抛掷了高洁的人品，游戏官场，消弭了壮烈的节操而已。否定游宦人生的意义后，词人为今后的人生指明了道路：如范蠡一样归隐五湖，以渔樵终老。只是词人虽有此志，却始终未能摆脱他所厌倦的游宦生涯，不能不说这也是他人生的悲哀。词作融写景、叙事、议论、抒情于一体，和谐统一。上片于叙事之中写景，以凄冷的环境突出词人凄苦的生活，颇得情景交融之妙。因为有了上片在词境与词义上的铺垫，下片表达词人对行役生活的厌倦与对隐居生活的向往，说理之词虽多，但真实动人，让人体会到这是词人的心声。故上、下片各有侧重又连贯统一，很好地突出了主题。

玉山枕

骤雨新霁。荡原野、清如洗。断霞散彩,残阳倒影,天外云峰,数朵相倚。露荷烟芰满池塘[1],见次第[2]、几番红翠。当是时、河朔飞觞[3],避炎蒸,想风流堪继[4]。　晚来高树清风起。动帘幕、生秋气。画楼昼寂,兰堂夜静[5],舞艳歌姝[6],渐任罗绮[7]。讼闲时泰足风情[8],便争奈、雅欢都废。省教成、几阕清歌[9],尽新声,好尊前重理。

【注释】

1　露荷烟芰:烟雾笼罩中带露的芰荷。

2　次第:景况,情形。

3　河朔飞觞:代指夏日避暑之饮。典出曹丕《典论》:"大驾都许,使光禄大夫刘松北镇袁绍军,与子弟宴饮,常以盛夏三伏之际,昼夜酣饮,极醉,至于无知。云以避一时之暑,故河朔有避暑饮。"

4　想风流堪继:希望能够继承前人的风流事迹。

5　兰堂:与"画楼"对举,泛指娱乐场所。

6　舞艳歌姝:舞女歌妓。姝,美女。

7　渐任罗绮:渐渐地穿上了又薄又软的丝衣。罗绮,质地柔软的丝织品。

8　讼闲时泰足风情：官司少，世态清平，故而风流韵事多了。风情，指男女之情。

9　省教成、几阕清歌：曾经教会她们几首流行的清歌。《诗词曲语辞汇释》："省，犹曾也。"唐岑参《函谷关歌送刘评事使关西》："野花不省见行人，山鸟何曾识关吏。"

【解读】

柳永在诸多羁旅行役词中，不断表达对仕宦生活的厌倦之情，而此词却以轻松的笔调，描绘他为官期间，处理政务之余的悠闲生活，透露出难得的愉悦之情。

词的上片写景。开篇总写雨后天晴，原野如洗的环境，明朗清新的气息扑面而来。骤雨涤荡了尘埃，故而放眼望去，视线格外开阔。只见天空有片片云霞，在夕阳的照耀下散发出五彩的光芒。而夕阳的倒影荡漾在水中，又给水面抹上了绚丽的色彩。天边的云朵重重叠叠，如山峰一样连绵起伏。近处池塘里，芰荷带着雨露、笼着暮烟，红色的花朵与绿色的圆叶相映成趣。过片仍然写景，夜晚的清风拂过枝叶茂密的大树，掀动房屋里的帘幕，送来凉爽的秋气。华丽的亭台楼阁间，那些能歌善舞的美艳女子们，渐渐地换上了又薄又软的丝衣，以便消暑。"昼寂"、"夜静"两词，与后文"雅欢都废"相呼应，表明词人在天下太平、讼事闲暇之时，对单调的业余生活颇感不足。于是他谱写了几曲新歌，教导"舞艳歌姝"们演练，以便能够"对酒当歌",增添风流情趣。在此,内容上看似毫无关联的上片与下片,通过"风流"二字统一起来,表现了词人的风雅之气、愉悦之情。另外,《论语》中记载,孔子到达其弟子子游治下的武城,听闻弦歌,赞赏子游能以礼乐治理家邦。联系儒家的这种政治理想,那么柳永的教唱新声,应该并不仅仅在展示词人仕宦生活中的闲适情调,而是暗含了词人的政治抱负。

木兰花令

有个人人真堪羡。问著佯羞回却面[1]。你若无意向他人[2],为甚梦中频相见。 不如闻早还却愿[3]。免使牵人虚魂乱。风流肠肚不坚牢,只恐被伊牵惹断。

【注释】

1 问著佯羞回却面:问到她,她却假装害羞回过头去。佯,假装。却,语助词,无意义。下文"还却愿"之"却"与此同。

2 无意向他人:无意对人传达情愫。

3 不如闻早还却愿:不如趁早还了我的心愿。闻早,趁早,赶早。

【解读】

此词乃一位男子对心仪女子的爱情表白,风趣幽默,颇有戏剧效果。这位男子对一个女子仰慕不已,因此直接向她表达爱意,并问她愿不愿意。可见这位男子大胆率真,心直口快。这位女子听了他的表白,却害羞地回过头去,不予理睬。然而一个"佯"字,又让人觉得她只不过是故作矜持。这种态度,真叫人有几分费解呢。因为女子态度的不明朗,使得男子生出怨言:"你若是对我没有情意，为什么又在我的梦中频频与我相见呢"。不言自己相思成梦，而怪女子不该被他梦见。看似无理之词，却将男子日思夜想，一腔热诚都系在所爱女子身上的爱情心态刻画得淋漓尽致。下片就紧承上文梦中相见的情节，男子认定女子对他有情，于是他把女子作为倾诉的对象，道出自己的心声："不如趁早还了我的心愿，免得使人牵挂得心都乱了。"为相思而"断肠"，原本是沉重郁闷的情绪，而男子却道"风流肠肚不坚牢，只恐被伊牵惹断"，妙趣横生。同时，字面上说自己的"风流肠肚不坚牢"，实际上表达出"为伊消得人憔悴"的"坚牢"情意，以反语出之，用笔曲折而生动，增添了词作的可读性，同时也将男子真率而幽默的性格鲜明地展现出来。此词的特色也恰恰在此，一反词人写相思题材时的哀怨情调，以轻松风趣的笔墨表现，颇为新颖。

西 施

苎萝妖艳世难偕[1]。善媚悦君怀。后庭恃宠,尽使绝嫌猜。正恁朝欢暮宴,情未足,早江上兵来。　捧心调态军前死[2],罗绮旋变尘埃。至今想,怨魂无主尚徘徊。夜夜姑苏城外,当时月,但空照荒台[3]。

【注释】

1 苎萝妖艳世难偕:西施的美艳世上无人可比。苎萝,山名,在今浙江诸暨市南,相传为西施的出生地。此处代指西施。汉赵晔《吴越春秋·勾践阴谋外传》:"乃使相者国中,得苎萝山鬻薪之女,曰西施、郑旦。"世难偕,世上难有人可比。偕,同。

2 捧心调态军前死:汉赵晔《吴越春秋》谓吴亡时,西施被沉于江。捧心调态,相传西施因心痛而常扪着胸口,流露出一种病态美。《庄子·天运》:"故西施病心而颦其里,其里之丑人,见而美之,归亦捧心而颦其里。"

3 荒台:指姑苏台,又称胥台。相传乃吴王为西施所造,故云。

【解读】

这是一首咏史词,吟咏的对象乃美女西施。春秋时期，吴越争霸，越王勾践为吴王夫差所败，便搜罗国中美女，献给吴王，以此诱导吴王耽于逸乐，达到削弱吴国的目的。据说西施便是越国献给吴王的美女之一，入宫后，极得吴王宠爱。柳永此词，上片写西施受宠而导致夫差败亡的历史事件，下片写西施的悲剧命运以及词人的深切同情。上片突出西施的"妖艳"、"善媚"，认为她正是凭此得到吴王完全的信任与宠爱。然而正当她伴随着吴王沉浸在"朝欢暮宴"的享乐中尚未尽情时，越王勾践就乘吴王荒淫怠政之机，从江上挥兵杀来。一个"早"字，强调了夫差败亡的迅速，突出了西施在吴亡过程中所起的催化作用。由此可知，词人抱着传统的"美色亡国"论，对西施有所谴责。关于吴亡后西施的结局，历来有两种说法：一说吴亡时，西施被沉于江；一说吴亡后西施随范蠡归隐而去。词人在此采用前一种说法，在下片前两句以"捧心调态军前死，罗绮旋变尘埃"点明西施的悲剧命运。"旋变"二字突出了词人对时事变化莫测的深沉感慨。"至今想"以下各句，则表达了词人对西施的深切同情。西施本是越国的功臣，却被视为"亡国祸水"处死，词人设想她的"怨魂"还在人间徘徊，千载以来不能释怀。然而在历史面前，个人是如此渺小，谁又能跟历史抗争呢？江山易主、世易时移，一切都已改变。只有明月仍是当时的明月，夜夜"空照"姑苏城外已经荒芜的姑苏台。词作这一结尾，描绘出历史时空的浩瀚，增添了深沉的历史感，可见词人对咏史题材的准确把握。

河 传

淮岸。向晚。圆荷向背[1]，芙蓉深浅[2]。仙娥画舸[3]，露渍红芳交乱[4]。难分花与面。　采多渐觉轻船满。呼归伴。急桨烟村远。隐隐棹歌[5]，渐被蒹葭遮断[6]。曲终人不见[7]。

【注释】

1　向背：谓正面与背面。

2　芙蓉深浅：荷花的颜色有深有浅。芙蓉，荷花的别称。

3　仙娥画舸（gě）：美女乘着华美的船只。仙娥，指代美女。舸，大船。

4　渍：沾湿。唐殷尧藩《送客游吴》："衣逢梅雨渍，船入稻谷香。"

5　棹歌：即渔歌。棹，桨，代指船。

6　蒹葭：芦苇。《诗经·秦风·蒹葭》："蒹葭苍苍，白露为霜。所谓伊人，在水一方。"

7　曲终人不见：用唐钱起《省试湘灵鼓瑟》成句："曲终人不见，江上数峰青。"

【解读】

此词轻快简洁，别有韵致，描写江南采莲女轻盈优游的欢快生活，既像一幅动人的水墨画，更像一曲悦耳的民间乐章。

词一开始就非常直接地指出这幅画的地点和时间：在秦淮河岸边，在日暮黄昏。秦淮河边向来是诗人们留恋行吟之所，但创作此词时，作者不是置身于灯光桨影之中，也并非闲来无聊，有心寻花问柳。而是一人信步行至河畔，欣赏着两岸美景，感受着劳动者的田园生活。不经意间，为美艳的荷叶和采莲女轻盈的身姿所吸引，便驻足观看，久久不愿离去。看到了什么呢？圆圆的荷叶高出水面，成片成片的迎风摇曳，显得错落有致，在词人眼里犹如一群裙袂飘飘的少女，千媚百态，婀娜多姿。过了一会，荷叶深处缓缓驶出一只美丽的采莲船，船上坐着仙女一般的采莲姑娘。她们低头采莲，红润的脸庞在荷叶间时隐时现，犹如一朵朵盛开的莲花，令人分不清哪是花容，哪是人面。不多久，小船就装满了莲蓬，堆得像一座小山。于是姑娘们便呼朋引伴，掉船欲归。很快，荷丛深处又露出三两只采莲船，一阵急桨，划向远处那炊烟袅袅的村庄。渐渐地，小船消失在河面的蒹葭丛中，姑娘们的歌声也听不见了。词人不见了采莲女的身影，呆呆地望着恢复了平静的江面，回味刚才的所见所闻。夕阳已下，暮色苍茫，作者收起心中的无限遐思，怅然若失地踏上归途。

中国古人咏采莲的诗词甚多，大都写得轻巧明快、清新淡雅，这首词同样兴味隽永，余音袅袅，令人反复赏玩，百读不厌。

木兰花慢

拆桐花烂漫[1]，乍疏雨、洗清明。正艳杏烧林，缃桃绣野[2]，芳景如屏。倾城[3]。尽寻胜去[4]，骤雕鞍绀幰出郊坰[5]。风暖繁弦脆管，万家竞奏新声。　　盈盈[6]。斗草踏青[7]。人艳冶、递逢迎。向路旁往往，遗簪堕珥[8]，珠翠纵横。欢情。对佳丽地[9]，信金罍罄竭玉山倾[10]。拚却明朝永日，画堂一枕春酲[11]。

【注释】

1　拆桐花：桐花绽放。拆，绽开。

2　缃桃：《花谱》谓子叶桃为缃桃。缃，浅黄色。

3　倾城：全城的人都出动。苏轼《江城子·密州出猎》："为报倾城随太守，亲射虎，看孙郎。"

4　寻胜：探寻胜景，此处指游春。

5　骤雕鞍绀幰出郊坰：车马奔驰到郊外。骤，指马奔驰。《说文解字》："骤，马疾步也。"绀，深青透红之色。幰，车幔。坰，野外。

6　盈盈：此指体态美好的女子。

7　斗草踏青：春天到野外观光游戏。详见《斗百花》（煦色韶光明媚）注释3、4。

8　珥：用珠子或玉石做的耳环。

9　佳丽地：风景秀丽之地。佳丽，风光绮丽。曹植《赠丁仪王粲》："壮哉帝王居，佳丽殊百城。"

10　信金罍罄竭玉山倾：任酒喝光，人醉倒。金罍，古代的酒器，常饰以金，刻云雷之象，故称为金罍。《诗经·周南·卷耳》："我姑酌彼金罍，维以不永怀。"罄、竭，皆为"尽"之意。玉山倾，形容醉态。详见《凤栖梧》（帘内清歌帘外宴）注释6。

11　春酲：春醉。酲，喝醉了神志不清。

【解读】

　　这首词写的是北宋都市的市民生活和社会风情，以山花烂漫的清明时节为背景，将繁华富庶、闲散适意、声色犬马的社会风貌尽收眼底，真切自然地展现出来。

　　词一开始就浓墨重彩，着意描绘出一番春日景象。先是连用了"桐花"、"疏雨"、"清明"三词，将读者带进春的世界；然后用"艳杏烧林"、"缃桃绣野"进一步地渲染和铺陈，让人感到灼灼春意扑面而来，来不及慢品细嚼，已置身于如屏的芳景之中，不由得心动神荡。再看看四周，人们倾城而出，男女老少、贤愚贵贱，争相外出，踏青览胜。当然，占尽风流的还是那些纨绔公子，一路策马而行，衣着光鲜，前呼后拥。不性急的话，一路还能尽情感受阵阵洋溢着暖意的杨柳风，听到曲曲美妙悦耳的管弦之声。原来出行的队伍中有不少人自带乐器，竞相奏着欢快而时髦的曲子。成群结队的人马，熙熙攘攘，从城市涌向郊外，尤其引人注目的是那些打扮得妖冶如花、披金戴银的女子。你看她们在草地上嬉戏打闹，步履盈盈、笑声荡漾，肆无忌惮地展示着她们的美丽和放浪，并频频与过往的行人招呼往来。头上戴的珠宝首饰撒落在地上也浑然不觉，依旧纵情欢笑。词人和路人一道，看得眼花缭乱，真想举杯邀佳人，一醉解千愁，哪里管它明日是非。即便醉卧画堂，亦在所不惜。整首词极尽奢华，将春的烂漫和人的奔放融为一体，既有春景，又有春情，写得明快轻巧，读来犹如身临其境，令人情随景生、心随情动。

临江仙引

渡口、向晚,乘瘦马、陟平冈[1]。西郊又送秋光。对暮山横翠,衬残叶飘黄。凭高念远,素景楚天[2],无处不凄凉。　　香闺别来无信息,云愁雨恨难忘[3]。指帝城归路,但烟水茫茫。凝情望断泪眼,尽日独立斜阳。

【注释】

1　陟(zhì):登高。《诗经·周南·卷耳》:"陟彼高冈,我马玄黄。"

2　素景:素秋之景,即秋天的景色。

3　云愁雨恨:男女之间的离愁别恨。详见《雪梅香》(景萧索)注释5。

【解读】

离开心爱的人羁旅在外,是柳永心中最大的伤痛。他的旅途,载满他挥之不去的浓浓愁绪。无论何时何地,看到何种风光,总能引发他心中沉重的离愁。此词就是写词人的这种心态。词人淹留在南方的楚地,傍晚的渡口旁,他骑马登上平冈。"瘦马"一词,实写马的羸瘦,暗寓人的旅途劳累,表达了词人对行役生活的厌倦。眼前满目秋光,夕阳下的山林一片青翠,更衬托出枯黄的落叶随风飘舞的萧瑟之感。词人以"瘦"形容马,以"残"描绘叶,突出了词作的凄凉氛围。"凭高念远"四字,为词的主脑,上片写"凭高"所见之景,下片抒发"念远"之情。词人的愁情源自与心上人的分离。自从离别了恋人,山高水远,音信不通,没有了她的消息,因此由相思而生的愁恨时刻萦绕在心头。遥指着归向京城的道路,可目光到处,却只见烟霭笼罩的茫茫江景。想到归期杳杳,更令人心绪茫茫。他只有含泪痴痴凝望,斜阳下孤独的身影是那样凄凉!此词最大的特点是情景交融。词人疲惫厌倦的心境,使他对秋天的冷落萧条格外敏感,而萧瑟凄凉的秋天景致,又衬托出词人哀怨忧伤的相思情怀。上片写景,景中含情,下片抒情,不忘以景烘托。下片的相思之愁与上片的凭高所见之景浑然一体,颇得情景相生之妙。

临江仙引

上国[1]。去客。停飞盖[2]、促离筵。长安古道绵绵。见岸花啼露,对堤柳愁烟。物情人意,向此触目,无处不凄然。　醉拥征骖犹伫立[3],盈盈泪眼相看。况绣帏人静[4],更山馆春寒。今宵怎向漏永,顿成两处孤眠。

【注释】

1　上国:指国都。苏轼《送曾仲锡通判如京师》:"应为王孙朝上国,珠幢玉节与排衙。"

2　飞盖:车盖,代指车。晋陆机《挽歌》:"素骖伫辒轩,玄驷骛飞盖。"

3　征骖:行旅之马。

4　绣帏:华丽的帏帐,代指闺房。

【解读】

此词吟咏羁旅离愁。词人开篇即表明自己的身份,乃是上国之去客,巧妙点出"离别",以简洁的语言叙述了自己离开京城,向外地进发的现实处境。"停飞盖、促离筵"更是以简练的笔墨道出送别场景:恋人乘坐着车子前来送别,停留在郊外,摆开送别的酒筵,可是仓促之中,谁又能吃得下呢?此词中,词人没有像《雨霖铃》(寒蝉凄切）那样细细铺叙离别筵席上的情景，只是一笔带过，凸显出离别的匆忙，更突出了离别的无奈。接下来，词人描写别后的旅途景象。"长安古道"的意象，既可能实指词人的目的地是长安一带，也可能喻指自己为了功名到处游宦奔波。同时"古道"给人历史的苍凉感，增添了客情的冷落感。绵绵不断的荒凉古道上，只见河岸边野花带露，河堤上杨柳蒙烟。但在词人眼中，却是"花啼"、"柳愁"。在此，词人以拟人的手法，使物皆着我之色彩，处处展示出心中的离愁。上片末尾，词人更是以"物情人意"总括之，言触目处，无不凄然，实则是心绪无一刻不黯然地外化。词的下片，具体指明离愁的由来，表达相思情怀。词人踏上征途已经很久了，然而恋恋不舍之情仍难释怀。他"醉拥征骖"，不肯进发，久久伫立，饱含热泪眺望京城，但哪里还能看到恋人的身影呢？他只有绝望地设想，恋人独守空闺而他独处孤馆，夜里"两处孤眠"的情景，该是多么难熬！此词吟咏离愁，从两处着笔，送别时，双方都依依不舍，离别后，两处都成"孤眠"，更深切地反映了离别给有情人带来的巨大心灵痛苦。同时，词人以情观景，词中的景物都带上了忧愁的色彩，有效地烘托出自身的愁绪，情景交融一体，达到了动人的艺术效果。

忆帝京

薄衾小枕凉天气[1]。乍觉别离滋味。展转数寒更,起了还重睡。毕竟不成眠,一夜长如岁。

也拟待[2]、却回征辔[3]。又争奈、已成行计。万种思量,多方开解,只恁寂寞厌厌地。系我一生心,负你千行泪。

【注释】

1　衾(qīn):被子。

2　也拟待:也曾打算。

3　却回征辔:意谓勒马回头。却,退。征辔,出行之马的缰绳,此代指马。

【解读】

这是一首描写词人与情人之间藕断丝连,相思不歇的作品,写得情真意切。

秋凉时节,作者拥着薄衾、枕着小枕,在一个月朗星稀的秋夜,一觉醒来,看着床上的香衾凤枕,不禁相思骤起,想念自己与情人度过的暖意融融的好时光。离愁别绪,怅然涌上心头。辗转反侧,再也不能入睡。不觉更深露重,披衣而起,又难耐孤寒。索性睡下,却不能成眠。反复再三,独自数着寒更,竟有长夜如年之感。真可谓愁人知夜长！思来想去，怎么办呢？打算跨马归去吧，又奈何行程已定，不容轻易变更。如果当初不是执意远行，而是留在枕边，继续和心上人长相厮守，就不至于现在独耐孤寒了。作者心中涌出淡淡的悔意，颇有"人在江湖，身不由己"之叹。词中虽没有点明离别的具体原由，但无非是在为功名生计奔波，而这恰恰不是柳永真正想要的追求，所以这种无奈感才会表现得格外强烈。剪不断的相思，欲理还乱，千种万种，一齐涌上心头。到底如何才能解脱？词人想了又想，每一种方法最终都遭到否决，只好一任寂寞打发着无聊的时光。哎，朝思暮想的情人啊，虽已决定将此生满腔情怀尽系你一人，奈何终究还是饱尝离别的滋味。看来有情人在现实中不得不成了"负心汉"，让你枉流了千行泪，枉凝了千层眉。作者由相思而生怨恨，由怀人而责己，在前程和旧情之间摇摆，内心充满了矛盾。然而最终却没能做出惊人之举，为世事俗物所羁绊。纵有千般理由为自己开脱，也难逃心灵深处的自责。

塞孤

　　一声鸡，又报残更歇。秣马巾车催发[1]。草草主人灯下别[2]。山路险，新霜滑。瑶珂响、起栖乌，金镫冷、敲残月[3]。渐西风紧，襟袖凄冽。　　遥指白玉京[4]，望断黄金阙[5]。远道何时行彻[6]。算得佳人凝恨切[7]。应念念，归时节。相见了、执柔荑[8]，幽会处、偎香雪[9]。免鸳衾[10]、两恁虚设。

【注释】

　　1 秣马巾车：喂饱了马，挂上了车帘，意为做好了出发的准备。秣马，喂马。秣，马料，此处作动词。《左传·秦晋崤之战》："则砺兵秣马矣。"巾车，《周礼》"巾车"注："巾，犹衣也。"疏："谓玉金、象革等，以衣饰其车。"巾亦作动词。

　　2 草草：草率，匆忙。

　　3 "瑶珂"四句：在残月仍在天边的寂静拂晓，车马行路的声音显得格外响亮，惊起了树上栖息的乌鸦。瑶珂，马络头上的玉饰。金镫，以金装饰的马镫。

　　4 白玉京：原指仙人所居之处，此处借指京都。《魏书·释老志》："道家之原，出于老子。其自言也，先天地生，以资万类。上处玉京，为神王之宗；下在紫微，为飞仙之主。"

5　黄金阙：原指仙人所居之府，此处借指京都。《五星经》："天上有白玉京、黄金阙。"

6　行彻：走完。彻，通，透。

7　凝恨切：幽怨至深。切，深。

8　柔荑（tí）：植物初生的叶芽，此处比喻美人的手。《诗经·卫风·硕人》："手如柔荑，肤如凝脂。"

9　香雪：原比喻又香又白的花朵，此处喻美人肌肤。李商隐《小桃园》诗："啼久艳粉薄，舞多香雪翻。"

10　鸳衾：绣有鸳鸯图案的被子，此指情人共同盖过的被子。

【解读】

此词与《凤归云》（向深秋）一样，写词人赶早行役的凄苦生活以及由此生发的感触。只不过，《凤归云》中词人因行役之苦而想到挂冠归隐，此词却因羁旅之愁而产生怀人之思。

词的上片以鸡声报晓开篇，展开了一个紧张的早行场面。马已喂饱，车已备好，这一切都催促着行人上路。在灯下与主人草草道别之后，词人赶早踏上旅途。清寒的残月下，车马行在刚结了霜的又险又滑的山路上，惊起了栖在树上的乌鸦。词人只觉西风一阵紧似一阵，凛冽的冷风从衣襟袖口灌进来，寒气逼人。恶劣的自然环境，艰苦的旅途生活，引发了词人的深沉感触。尤其是外部环境的凄寒，令他深深思念与恋人相依相偎的温暖，故词的下片自然转入怀人之思。离恋人所在的京城越来越远，词人对无休无止的行役生活越来越厌倦，以致有"远道何时行彻"之叹。自己淹留不归，恋人只怕已望穿秋水，心生幽怨。然而词作至此笔锋一转，以词人设想他与恋人重逢时手牵着手，紧紧拥抱的动人场景结尾，用喜悦热烈的气氛反衬出他目前处境的孤独凄凉。词作词藻华丽，如"瑶珂"、"金镫"、"白玉京"、"黄金阙"、"香雪"、"鸳衾"等词汇，秾丽精致，反衬出词人凄凉的处境与痛苦的心境。

形式多样的反衬手法，是此词最突出的艺术特色。词人描写华丽的物品、相聚的喜悦，都反衬出他当前羁旅处境的孤苦凄寒，鲜明生动地突出了词人心中的悲凉之感，达到以乐写哀的艺术效果。

瑞鹧鸪

天将奇艳与寒梅。乍惊繁杏腊前开。暗想花神、巧作江南信[1]，解染燕脂细翦裁[2]。寿阳妆罢无端饮[3]，凌晨酒入香腮。恨听烟坞深中[4]，谁恁吹羌管逐风来[5]。绛雪纷纷落翠苔[6]。

【注释】

1　巧作江南信：巧妙地造出梅花。江南信，代指梅花。典出南朝宋陆凯《赠范晔》："折梅逢驿使，寄与陇头人。江南无所有，聊寄一枝春。"

2　解染燕脂细翦裁：懂得化妆与裁剪工夫。燕脂，即燕支，今通作胭脂。晋崔豹《古今注》："燕支……出西方土人以染红，名为燕支。中国亦谓之红蓝，以染粉为妇人色，谓为燕支粉。"细翦裁，似化用唐贺知章《柳》诗句："不知细叶谁裁出，二月春风似剪刀。"

3　寿阳妆：即梅花妆，相传始于南朝宋武帝女寿阳公主。《太平御览》引《宋书》："武帝女寿阳公主，人日卧于含章殿檐下。梅花落公主额上，成五出之华，拂之不去，皇后留之。自后有梅花妆，后人多效之。"

4　烟坞：烟雾笼罩的花坞。

5　谁恁吹羌管逐风来：不知谁吹起羌笛，笛声随风传送过来。唐李白《与史郎中钦听黄鹤楼上吹笛》："黄鹤楼中吹玉笛，江城五月落梅花。"后人遂常以笛声咏落梅。

6 绛雪：红雪，比喻梅花飘落的花瓣。

【解读】

此词咏梅。上片描写梅开，充满喜悦之情。下片吟咏梅落，不胜惋惜之意。词的开篇，并不直言寒梅开放，而以拟人的笔法，说寒梅能开出"奇艳"的花朵，是天的赠与。梅花的奇艳，令人惊叹，以为繁花似锦的红杏在腊月提前开放了呢。词人不禁由衷赞叹花神的巧手，经她细细地剪裁，用胭脂精心点染，造出这样美丽的风景。诗词中多以"梅花妆"形容女子之美，词人在此则以花喻人，将梅花比拟成装扮俏丽而且善饮的女子，认为梅花是因"凌晨酒入香腮"而脸泛红晕。至此，词作抓住梅花"奇艳"的特征，多方比拟，字里行间充满对梅花的惊艳之情。词作最后三句，写梅花之凋落。古代笛曲中有《梅花落》之曲，李白《与史郎中钦听黄鹤楼上吹笛》中有"黄鹤楼中吹玉笛，江城五月落梅花"的诗句，故后人常以笛声咏落梅。词人此处便用此典，以烟雾缭绕的花坞深处有羌笛之声随风而来暗示梅花开始凋落。"绛雪纷纷落翠苔"，就是一幅色彩明艳的落梅图。词人以"绛雪"喻落梅，新颖别致。此词最大的特点是多方比拟，不仅写出梅花开落的全过程，更写活了梅花的神韵。

瑞鹧鸪

全吴嘉会古风流[1]。渭南往岁忆来游。西子方来[2]、越相功成去[3],千里沧江一叶舟[4]。至今无限盈盈者[5],尽来拾翠芳洲[6]。最是簇簇寒竹,遥认南朝画[7]、晚烟收。三两人家古渡头。

【注释】

1 全吴嘉会:指苏州。会,都会。

2 西子:西施。

3 越相:指范蠡。《国语·越语下》记载范蠡辅佐越王勾践灭吴后,"反,至五湖,范蠡辞于王曰:'君王勉之,臣不复入越国矣!'……遂乘轻舟,以浮于五湖,莫知其所终极。"

4 沧江:原指沧浪水,此处泛指江流。《尚书·禹贡》:"嶓冢导漾,东流为汉,又东为沧浪之水。"

5 盈盈者:风姿、仪态美好的女子。

6 拾翠:拾取翠鸟的羽毛为首饰,后多指妇女春日嬉游。曹植《洛神赋》:"命俦啸侣,或戏清流,或翔神渚,或采明珠,或拾翠羽。"

7 南朝:南北朝时期,吴地皆属南朝。

【解读】

此词与《望海潮》(东南形胜)一样,都是柳永描写都市风貌的佳篇。在《望海潮》中,柳永突出了杭州的繁华富庶及清嘉风光。而此词中,词人则描述了苏州"古风流"面貌特征。首句以"全吴嘉会"点出吟咏的都市是曾为吴国都会的苏州。"古风流"则是此词的词眼,词人以下的描写都围绕苏州的古城韵致展开。故词的上片以西施故事,道出苏州悠久的历史。苏州在春秋时期是吴国的都城,当时吴王夫差因迷恋西施美色而遭败亡。曾经辅佐越王勾践打败吴国的范蠡大夫,在此地留下了功成身退、泛舟五湖的风流雅事。苏州就是这千古风流的历史见证。从"千里沧江一叶舟"的描述中,读者既仿佛看到了范蠡乘舟飘然而去的潇洒身影,又陡然生出物是人非的深沉历史感。词的下片转写苏州的现实风物。词人撷取了芳洲游春的盈盈女子、暮霭之中的簇簇寒竹、古渡头边的几户人家这三幅有代表性的图景,突出了苏州的古雅韵致、旖旎风情。南朝时期,苏州曾充满名士风流的气息,词人以"南朝画"喻他所见的风光,正是含蓄地道出了从古至今,苏州"古风流"之雅韵不减。

如果说《望海潮》中的杭州图景以壮美取胜,此词中的苏州图画则以典雅见长。不管是描绘"自古繁华"的杭州,还是千古风流的苏州,柳永皆能道出其神韵,这也是他的都市词被赞为"承平气象,形容曲尽"(陈振孙《直斋书录解题》)的重要原因。

安公子

远岸收残雨。雨残稍觉江天暮。拾翠汀洲人寂静，立双双鸥鹭。望几点、渔灯隐映蒹葭浦。停画桡¹、两两舟人语。道去程今夜，遥指前村烟树。　　游宦成羁旅²。短樯吟倚闲凝伫。万水千山迷远近，想乡关何处。自别后、风亭月榭孤欢聚³。刚断肠⁴、惹得离情苦。听杜宇声声，劝人不如归去。

【注释】

1　画桡：彩饰的船。桡，划船的桨，代指船。

2　游宦成羁旅：出外做官，以致长久客居异乡。

3　风亭月榭孤欢聚：以前游玩的地方少了许多欢乐的聚会。孤，寡，少。

4　刚：正，恰恰。

【解读】

此词是宦游思归之作，写得清新淡雅，非常巧妙地将自己浓烈的思归情怀融进了春日黄昏的淡淡暮色之中。淅淅沥沥，一连下了数天的春雨，终于在这一天的日暮时分渐渐停了下来。雨后的江水初涨，岸边绿肥红瘦。乍暖还寒时候，烟锁雾罩之中，是一幅春日的水墨山水画。可惜时近黄昏，江中的小沙洲人影寂寥，听不到妇人赏春的欢歌笑语，只有成双成对的鸥鹭，漫不经心地停在水边的空地上。也许这场雨下得太久，一切都显现出倦怠之色。作者从船舱中走出来，进入眼帘的就是这样一番凄冷的景象。接着，他看到晚归的渔船亮起了数点灯光，在蒹葭的掩映之下显得影影绰绰。两艘邻近的渔船并肩而进，渔家人轻声地攀谈着，话语间洋溢着温馨。作者由渔人晚归想到自己今夜将歇脚何方，还好，前面不远处有阵阵炊烟袅袅升起，想必在绿树环绕中有家温馨的小店。词人睹物生情，看着炊烟人家，便暗怀故乡。多年来，一直宦游漂泊，久处逆旅，远隔万水千山，早已分不清乡关何处了。斜倚着船头那细小的桅杆，凝神远望，左右辨别，仍看不到家在何方。自别后，再无机缘与昔日的酒朋诗友欢聚厮混，只能面对江天遥寄心中的怀念。不想则罢，一想竟情不能禁，<u>丝丝缕缕</u>，牵动万般离愁，悲苦不堪。偏偏此时又闻杜鹃哀鸣——"不如归去"，"不如归去"，一声又一声，重重地敲打在词人心上！

安公子

梦觉清宵半[1]。悄然屈指听银箭[2]。惟有床前残泪烛,啼红相伴[3]。暗惹起、云愁雨恨情何限。从卧来、展转千余遍。恁数重鸳被,怎向孤眠不暖[4]。　　堪恨还堪叹。当初不合轻分散[5]。及至厌厌独自个,却眼穿肠断。似恁地、深情密意如何拚。虽后约、的有于飞愿[6]。奈片时难过,怎得如今便见。

【注释】

1 清宵:冷清的夜晚。

2 悄然屈指听银箭:一个人悄悄屈指细数听到的更漏声。银箭,详见《长相思》(画鼓喧街)注释5。

3 啼红:此指红烛流着红色的烛泪。

4 怎向:怎奈。

5 不合:不该,不应当。

6 的有于飞愿:确实有将来比翼双飞的意愿。于飞,《诗经·邶风·燕燕》:"燕燕于飞,差池其羽。"宋词中常用"于飞燕"或"于飞"比拟情侣或夫妻的恩爱和美。

【解读】

此词将一个多情男子满腹相思、长夜难熬的生动形象表现得淋漓尽致，栩栩如生。词的上片写该男子夜深梦觉，辗转难眠的逼真情态。读者顺着词人的勾画，头脑中浮现出这样一幅图景：夜半时分，男子从梦中惊醒，四周冷冷清清、万籁俱寂。他孤身一人，躺在床上，屈指数着听到的更漏之声，倍感长夜漫漫，孤苦难耐。只有床前滴着红泪的蜡烛，是他惟一的伴侣。此情此景，令他怀念起与心上人枕边厮混的美好时光。这一想，竟惹来无限离愁，暗暗涌上心头。于是他在床上翻来覆去，再也无法入睡。虽然多盖了几床被子，仍然孤枕难眠，感觉不到丝毫的暖意。闲愁最苦，何况夜深人静，形单影只的处境下，实在难以将息！怎么办呢？他只有一任潮水般的思绪，将自己重重围困。词的下片就是描绘他的重重思绪。想到与恋人的分离，他首先是感到遗憾，为此深深叹息。由此而生的是悔意，他深深后悔自己当初不该轻易离开，以致如今独自一人，情绪低落。明白了自己根本割舍不下这段"深情密意"，于是他又深情盼望，殷切期待与恋人重逢，甚至到了"眼穿肠断"的地步。他的期待，又因为暂时无法实现而使他更加沮丧：眼前的光景如此难熬，怎么能够与恋人即刻相见就好。通过这一系列的心理描绘，男子想恋人想得心痒难挠的情态跃然纸上，鲜明生动。

倾 杯

水乡天气，洒蒹葭、露结寒生早。客馆更堪秋杪[1]。空阶下、木叶飘零，飒飒声干[2]，狂风乱扫。黯无绪、人静酒初醒，天外征鸿[3]，知送谁家归信，穿云悲叫。　　蛩响幽窗，鼠窥寒砚，一点银釭闲照[4]。梦枕频惊，愁衾半拥，万里归心悄悄[5]。往事追思多少。赢得空使方寸挠[6]。断不成眠，此夜厌厌，就中难晓[7]。

【注释】

1　客馆更堪秋杪：寄居客馆心境本已凄凉，更何况时当秋末。

2　飒飒声干：发出响亮的飒飒声。干，响声大。唐岑参《虢州西亭陪端公宴集》："开瓶酒色嫩，踏地叶声干。"

3　征鸿：远飞的大雁。

4　银釭：银灯。釭，油灯。

5　悄悄：忧愁的样子。《诗经·邶风·柏舟》："忧心悄悄，愠于群小。"

6　空使方寸挠：白白心乱一场。方寸，内心。挠，扰乱。

7　就中难晓：其中的情绪难以明了。

【解读】

此词描写词人的羁旅愁绪，情景交融，真切动人。开篇营造出冷清的环境、凄清的氛围，为全文奠定了低沉、伤感的情感基调。同时，"水乡"暗示着词人客居南方，芦苇上的露滴因为寒冷凝结成霜这样的景物描写，透露出秋天的气息，暗暗指出了作品的时间、地点。接下来，词人以"客馆更堪秋杪"，直接点明时间、地点以及词人的心境。下文无论写景、抒情，都紧扣这一句展开。飒飒狂风扫过，树叶随风飘零，洒落在空荡荡的台阶之下，满目零乱与萧瑟，这正是秋末典型的景物，紧承"秋杪"而来。"黯无绪"三字，则紧扣"更堪"，表明词人心中难以承受的悲凉。尤其是夜深人静的时候，从酒醉中醒来，听到天外征鸿穿云飞过发出的悲叫，格外惊心。词人由此想到鸿雁传书的典故，然而他以"知送谁家归信"，巧妙传达出自己归期杳杳的悲苦处境，进一步深化了他的悲凉情绪。过片中，词人宕开一笔，转写客馆的冷落环境。幽暗的窗下，蟋蟀发出低低的鸣叫声，破旧的书桌上，老鼠爬过寒冷的砚台，也发出窸窸窣窣的声响，如豆的油灯惨淡地闪耀。这几句，从声、色两方面突出了环境的暗淡凄凉。萧飒的季节，萧飒的环境，使得词人的愁绪一发不可收拾。他频频从梦中惊醒，半拥着被子，满心都是归家的念头，满怀都是难以开解的忧愁。无法成眠的夜里，他的脑海里不断闪过无数的往事，而这样的回忆，只能使他更加心乱如麻。一个"空"字,更是形象地反映出词人这种心绪的无奈与徒劳。他就在这样的夜里怅怅无绪,纷乱的心境连自己也难以明了。词作在这样无尽的忧愁中戛然而止,极度悲凉。

倾 杯

鹜落霜洲[1]，雁横烟渚，分明画出秋色。暮雨乍歇。小楫夜泊[2]，宿苇村山驿。何人月下临风处，起一声羌笛。离愁万绪，闻岸草、切切蛩音如织[3]。　　为忆。芳容别后，水遥山远，何计凭鳞翼[4]。想绣阁深沉，争知憔悴损、天涯行客。楚峡云归，高阳人散[5]，寂寞狂踪迹[6]。望京国[7]。空目断、远峰凝碧。

【注释】

1　鹜：野鸭子。

2　小楫：小船。楫，桨，代指船。

3　蛩音如织：蟋蟀的叫声如同织布机响声那样密集。

4　鳞翼：鱼与雁，借指书信。

5　"楚峡"二句：指相爱的情侣天各一方。化用巫山神女的典故，详见《雪梅香》（景萧索）注释5。

6　狂踪迹：漂泊不定的行踪。

7　京国：京城。

【解读】

柳永在羁旅行役词中描绘了大量的山水景物，他尤其钟情于刻画秋景。此词的上片就是一幅有声有色的秋天暮景图:"暮雨乍歇"的傍晚,秋色净爽,只见一群群野鸭从空飞降在铺着银霜的江洲,一行行大雁横空飞过烟霭缭绕的江渚。这样的描绘,画面感极强,确实如同"画出秋色"。"落"、"横"二字状野鸭、大雁的飞翔,极为传神,给画面增添了优雅的动态美。写完"秋色",词人说明此景乃是他乘船漂流,夜泊江岸,投宿在荒村驿店时所见。同时,"小楫夜泊"、"苇村山驿"作为画面的一部分,增添了秋色的萧疏与清冷。写完视觉感受,词人不忘绘出听到的"秋声":不知何人在月下吹响了羌笛,笛声随风飘送,悠扬哀怨,不禁引发人的"离愁万绪"。岸边草丛里的蟋蟀,更是不住嘈杂地、悲切地鸣叫,搅乱词人原已不平静的心绪。词作由此自然过渡到下文的怀人之思。换头处,"为忆"二字表明词作由写景转入怀人。词人深情地思念到:自从离别了心上人,山高水远,音信不通。对方独守空闺,又怎么会知道自己浪迹天涯的憔悴模样呢?此处与杜甫《月夜》中"遥怜小儿女,未解忆长安"的诗句手法相似,委婉地突出了词人的相思之深。然而"楚峡云归,高阳人散",往日的欢聚已经消散难逢,一切的繁华都已归于寂寞。处于孤寂中的词人只能遥望京城,来寄托对心上人的思念。可目光到处,只有"远峰凝碧"。一个"空"字,又使他的期待最终落空,使他在无望的相思中倍感悲凉。同时,结句以景结情,呼应上片,使下片的相思之愁与上片的凄清之景浑然一体。

鹤冲天[1]

黄金榜上[2]。偶失龙头望[3]。明代暂遗贤,如何向[4]。未遂风云便[5],争不恣狂荡。何需论得丧。才子词人,自是白衣卿相[6]。　烟花巷陌[7],依约丹青屏障[8]。幸有意中人,堪寻访。且恁偎红翠[9],风流事、平生畅。青春都一饷[10]。忍把浮名[11],换了浅斟低唱。

【注释】

1　此词为柳永初次落第后作。再考进士时又因此词而落第。吴曾《能改斋漫录》卷十六载:"仁宗留意儒雅,务本理道,深斥浮艳虚薄之文。初,进士柳三变,好为淫冶讴歌之曲,传播四方。尝有《鹤冲天》云:'忍把浮名,换了浅斟低唱。'及临轩放榜,特落之。曰:'且去浅斟低唱,何要浮名?'"

2　黄金榜:指题写及第进士姓名之榜,又名黄甲、黄榜、金榜。殿试后朝廷发布的榜文,用黄纸书写,故名。又《玄怪录》记载:"(崔绍入冥司)判官遂引绍到一瓦廊下,廊下又有一楼,便引绍入门,满壁悉是金榜、银榜,各列人间贵人姓名。将相二色,名列金榜;将相以下,悉列银榜。"后世就将考试中式称为"金榜题名"。

3　龙头：唐宋人称状元为龙头。

4　"明代"两句：偶然落榜，怎么办呢？明代，政治清明的时代。遗贤，贤士弃而不用。向，语助词，无实意。

5　风云便：指远大志向。《易经》："云从龙，风从虎，圣人作而万物睹。"

6　白衣卿相：平民中的卿相；没有卿相头衔的卿相。白衣，古代未做官的人穿白衣。

7　烟花：此处指妓女。

8　丹青屏障：画有艳美图画的屏风。

9　偎红翠：狎妓。陶谷《清异录》卷上："李煜在国，微行倡家，遇一僧张席。煜遂为不速之客。僧酒令讴吟弹吹，莫不高了。见煜明俊蕴藉，契合相爱重。煜乘醉大书右壁曰：'浅斟低唱，偎红倚翠大师；鸳鸯寺主，传持风流教法。'久之，僧拥妓之屏帏，煜徐步而出，僧妓竟不知煜为谁也。"

10　一饷：又作"一晌"，即片刻。

11　浮名：指功名。

【解读】

　　这首词记载了柳永在科举道路上的一次挫折，从中既可以看出他自负才华却又科场蹭蹬的人生经历，又可以看出他狂狷叛逆的性格特点。

　　词的开篇就说"黄金榜上，偶失龙头望"，可见柳永的自我期许之高。他并不满足于金榜题名,而视中头名状元为探囊取物。"偶失"二字,说明他根本不曾有面对失败的心理准备。他就此把失败的原因归结为社会不公。"明代暂遗贤,如何向"就是柳永对统治者的挖苦与嘲讽。统治者一贯以"野无遗贤"标榜,而柳永就以"明代遗贤"自居,心中的愤慨之情溢于言表。一个"暂"字,仍然倔强地透露出他对自己才华的充分自信。然而,纵然他自恃有才,统治者却并不给他提供施展抱负的机会。愤激的词人便以"狂荡"的行为来发泄他的不满,表现他对命运的抗争。"才子词人,自是白衣卿相"的宣言,更淋漓尽致地展现了柳永个性中狂傲的一面。

封建社会的士子,以通过科举步入仕途为实现自我价值的主要途径。在这条道路上,失意者往往多于成功者。然而绝大部分士子以"达则兼济天下,穷则独善其身"为人生信条,失意之时也不失温柔敦厚。柳永却反其道而行之,不仅没有"独善"之意,而且完全投入世俗生活,不加检点。他以出入"烟花巷陌"为荣,以"偎红翠"为快,在下阕细细铺叙狎妓生涯给他带来的情感的满足与心情的畅快。他在花柳繁华之中的快意与他在科举受挫时的失意形成鲜明的对比,进一步突出了他对不公正的科举考试摧残贤才的不满,也无可避免地给自己贴上了风流浪子的标签。相传后来仁宗皇帝在进士考试发榜前注意到榜上有柳永的名字时,特地黜落了他,御批让他"且去浅斟低唱,何要浮名",据说柳永也就真的挂起了"奉旨填词柳三变"的招牌。其狂傲负气的个性，如同他的这首词一样，鲜明生动地长存后世。

木兰花

翦裁用尽春工意[1],浅蘸朝霞千万蕊。天然淡泞好精神,洗尽严妆方见媚。　　风亭月榭闲相倚。紫玉枝梢红蜡蒂[2]。假饶花落未消愁[3],煮酒杯盘催结子。

【注释】

1　春工:此处将春天喻为工匠。

2　紫玉枝梢红蜡蒂:枝干像紫玉,花蒂像红蜡烛。

3　假饶:假定,即使。唐李山甫《南山》诗:"假饶不是神仙骨,终抱琴书向此游。"

【解读】

此词吟咏杏花,既绘其形,更取其神,形象地刻画出杏花的特点。首句不从写杏花入手,反将春天拟人化,说因为有春天这个工匠用心剪裁,又细心蘸上朝霞的颜色,才创造出红杏枝头千万朵的美丽风景。新颖别致的描写,既点明了杏花开放的时节,又描绘出杏花成片绽放、颜色鲜艳的特点。看来不是"春工"独具匠心,而是作者独具匠心。接下来作者才把笔墨放在杏花身上,但遗其貌而取其神,并不逐一介绍杏花的花形叶态,而是着重通过雨中杏花的特色,突出杏花"天然淡泞"的风姿。作者用拟人的手法，将杏花描绘成一个娇媚的女子。风雨袭来，不仅丝毫无损杏花的娇姿，反而好似杏花刻意用水洗尽自己的盛妆，露出自己的真精神、真面目，更加妩媚。杏花开在"风亭月榭"之侧，在作者眼中，却似女子闲倚在那里观看风景。这样的刻画，将杏花妩媚、闲雅的姿态呈现出来。然后作者才用"紫玉枝梢红蜡蒂"一句写杏花的花形，补足对杏花外貌的描写。结尾处，作者以即便花落了也不需忧愁，转眼青杏就会挂满枝头的设想，化解了人们面对花落时容易滋生的感伤情绪，不仅吟诵出杏花天然烂漫的真精神，更展现了春天生机勃勃的真气象。其中表现出的乐观豁达心态，与描写杏花时优雅明快的笔调和谐一致。

　　此词多方比拟，节奏明快，由衷表达了词人对杏花的喜爱之情，也活灵活现地刻画出杏花的形象，可见词人咏物的高超技巧。

归去来

　　一夜狂风雨。花英坠、碎红无数。垂杨漫结黄金缕[1]。尽春残、萦不住[2]。　蝶飞蜂散知何处。殢尊酒[3]、转添愁绪。多情不惯相思苦。休惆怅、好归去。

【注释】

　　1　黄金缕：比喻柳絮。南唐冯延巳《蝶恋花》："杨柳风轻，展尽黄金缕。"

　　2　萦：缠绕，牵缠。此处有"挽留"意。

　　3　殢尊酒：沉溺于酒。殢，困扰，纠缠。唐许浑《送别》："莫殢酒杯闲过日，碧云深处是佳期。"

【解读】

　　词的上片写景。首句以平直如话的语言突兀而起，令人想起《红楼梦》中写大观园众姐妹联诗，王熙凤以"一夜北风紧"起句之事。众姐妹当时如此评价王熙凤的诗："这句虽粗，不见底下的，这正是会作诗的起法。不但好，而且留了多少地步与后人。"同样，柳永此词的起句，也给下文留下了大量发挥的余地。他续之以"花英坠、碎红无数"，一方面道出"狂风雨"造成的后果，紧承上文，一方面反映出花事飘零，春色将尽的季节特征。"春残"

本是自然现象，词中却说飞絮不止的杨柳枝条，如长长的丝缕，但萦牵不住离去的春天，挽留不住春天的脚步。整个上片，词人都在描写春天即将逝去的事实，写景之中饱含着对美好春光消逝的无可奈何之感、惋惜留恋之情。词的下片主要抒情。过片承上启下，收束上片春天零落的景色，转入下片写因春归不知处而产生的惆怅之情。春天的逝去，往往象征着青春的逝去，美好生活的逝去，故而词人对景伤情，借酒消愁，结果却"转添愁绪"。他的"愁绪"，虽由春归而引发，真正的内容却是"相思"。但词人带着"好归去"的期待，憧憬着与恋人重逢的一天，所以在结尾处以"休惆怅"安慰自己，使全词的格调感伤却不颓唐，与词中描写春天的笔调和谐统一。

梁州令

梦觉窗纱晓。残灯暗然空照。因思人事苦萦牵[1],离愁别恨,无限何时了。　怜深定是心肠小[2]。往往成烦恼。一生惆怅情多少。月不长圆,春色易为老。

【注释】

1　人事:此处指相思之情事。

2　怜深定是心肠小:爱得太深就难以放开怀抱,定会有些小心眼儿。怜,爱。心肠小,心胸狭窄。

【解读】

此词旨在吟咏"离愁别恨"。限于小令的篇幅,词人无法像他同类题材的慢词那样敷衍铺叙,故词中的每一句都围绕着愁、恨二字展开,篇无赘句。前两句写梦觉之后,看到晨光透过窗纱照进屋里,屋内的残灯仍然暗淡地照着。一个"空"字,既表明这微弱的灯光在白天已无任何意义,又突出了词人梦醒之后空荡荡的心里感觉。这两句看似在描写外部环境,与愁恨无关,但其中暗淡的色调已烘托出词人黯淡的心境。接下来,词人直接指出心绪黯淡的原因:剪不断、理还乱的情事一直在他的心中纠缠牵系,令他苦不堪言。"苦"字突出了词人心绪的烦乱程度。

以致下文词人直书"离愁别恨，无限何时了"，一吐为快。"无限何时了"突出了时间的绵长，令人感到他的愁恨无休无止。也许是这愁恨太深、太重，令词人难负重荷，所以他在词的下片试图开解自己。爱得太深，必定会心胸狭窄，"往往成烦恼"。就算词人认为爱情必然与烦恼相连，以此为自己的愁恨辩解，他仍然不能释怀：人的一生为什么有这么多令人惆怅的情事呢？这是一个词人回答不了的问题，于是他宕开一笔，转而写到"月不长圆，春色易为老"。月有圆缺，春天会随着季节的变化消逝，这是自然规律。词人以此类比人事，认为人生的不美满仿佛也是无法改变的定律，似乎解答了"一生惆怅情多少"的难题，安慰了自己孤愤的心灵，实则是用尽办法也无力摆脱愁恨的无奈托词。因此，此词字字含愁，句句有恨，将词人为情所苦的心灵展现得淋漓尽致，感人至深。

夜半乐

艳阳天气，烟细风暖、芳郊澄朗闲凝伫。渐妆点亭台，参差佳树[1]。舞腰困力，垂杨绿映[2]，浅桃秾李夭夭[3]，嫩红无数。度绮燕、流莺斗双语[4]。翠娥南陌簇簇[5]，蹙影红阴[6]，缓移娇步。抬粉面、韶容花光相妒。绛绡袖举。云鬟风颤，半遮檀口含羞[7]，背人偷顾。竞斗草、金钗笑争赌。　　对此嘉景，顿觉消凝[8]，惹成愁绪。念解佩、轻盈在何处[9]。忍良时、孤负少年等闲度[10]。空望极、回首斜阳暮。叹浪萍风梗知何去。

【注释】

1　"渐妆点"二句：渐渐发现参差错落的树木装饰点缀在亭台周围。

2　"舞腰"二句：杨柳的枝条如同舞女柔软的腰肢，将周围环境掩映成碧绿色。

3　夭夭：美好的样子。《诗经·周南·桃夭》："桃之夭夭，灼灼其华。"

4　度绮燕、流莺斗双语：成双成对的燕子、黄莺飞来飞去，相对和鸣。度，过，此指莺燕飞过。斗，相对，面对。

5　翠娥南陌簇簇：南边道路上美女成群。翠娥，美女。

6　蹑影红阴：飞快地穿梭于红色花荫下。蹑影，追赶日影，比喻极快。曹植《七启》："忽蹑影而轻骛，逸奔骥而超遗。"

7　檀口：红唇。檀，浅红色。

8　消凝：因情绪黯淡而出神。消，销魂。凝，凝神。

9　念解佩、轻盈在何处：想着心爱的人现在何处。解佩，解下玉佩赠与所爱，此处代指旧日情人。典出汉刘向《列仙传·江妃二女》："江妃二女者，不知何所人也。出游于江汉之湄，逢郑交甫。见而悦之，不知其神人也。谓其仆曰：'我欲下请其佩。'……（二女）遂手解佩与交甫。交甫悦受而怀之中当心。趋去数十步，视佩，空怀无佩。顾二女，忽然不见。"轻盈，形容女子身材苗条，动作轻快。此处代指美女。

10　孤负：亏负，后多作"辜负"。汉李陵《答苏武书》："功大罪小，不蒙明察，孤负陵心区区之意。"

【解读】

这是一首三片的长调，上片描写春景，中片描画春游，下片抒发春愁，层次清晰，主旨明确。词的上片写景，笔调清新明快，写出了春天大自然的勃勃生机。艳阳高照的天气里，缕缕轻烟浮动，微微暖风拂过，原野芳郊一片澄明朗净,展现在词人凝神眺望的眼帘里,清新爽净的气息扑面而来。参差错落的树木装饰点缀着亭台楼阁,杨柳的枝条在风中轻轻摆动,如同舞女柔软的腰肢,掩映着周围,碧绿可人;桃李枝头开满了花朵,处处深红浅红,令人着迷。成双成对的燕子与黄莺就在红花绿树间飞来飞去,相对和鸣,清脆的叫声婉转动听。上片撷取典型的春天景物,展现了春天亮丽、欢快的一面。词的中片写人物的活动。有了上片生机盎然的春景描写,中片描写人们在兴趣盎然的春游活动,承接自然。美好的春光,使人们纷纷走出家门,来到自然之中。尤其是平时难得一出深宅大院的女子们,也加入了游春的队伍,因而分外醒目。只见南边道路上美女成群,她们或者飞快地穿过红色花荫,或者缓缓地移动娇弱的步履,情态各异。她们美丽的面庞暴露在明媚的阳光下,那生动的青春气息让花光失色,以致妒忌不已。她们在大自然中尽情地玩耍,飞举红色的衫袖,颤动着如云的发髻。当陌生人走过身边时,半遮着自己的樱桃小口,含羞转过身去,却又回头偷顾。和姐妹们在一起时,就毫无顾忌地竞斗草、赌金钗,争着笑着。春天因为她们更加生动。前两片,从景物描写到人物活动,无不透露出欢悦、热闹的气氛,然而下片笔锋一转,写词人的"愁绪",情感基调顿时从昂扬转为低沉。面对着美好的春天,以及活泼的游春女子,词人蓦地情绪黯淡。因为眼前欢乐的女子,触动了他内心对恋人的相思。他那姿态轻盈的恋人现在何处呢?这样的良辰美景,无法与恋人共赏，白白辜负了自己的大好青春。伫立遥望，回首斜阳，也终究是一场空。此片与前两片在感情色彩上形成鲜明对比，前面着力渲染的热闹，反衬出词人的孤寂与愁苦，很好地收到了以乐景写哀情的艺术效果。词人辗转腾挪的笔法令人佩服。

迷神引

红板桥头秋光暮。淡月映烟方煦。寒溪蘸碧,绕垂杨路。重分飞[1],携纤手、泪如雨。波急隋堤远[2],片帆举。倏忽年华改[3],向期阻[4]。

时觉春残,渐渐飘花絮。好夕良天长孤负。洞房闲掩,小屏空、无心觑。指归云,仙乡杳[5]、在何处。遥夜香衾暖,算谁与[6]。知他深深约,记得否。

【注释】

1 重分飞:再次分离。

2 隋堤:隋炀帝开通济渠,谓之隋堤。因两岸多植柳树,又称为柳堤。此处泛指杨柳成行的堤岸。

3 倏忽年华改:时光很快过去了。倏忽,迅速,转眼。

4 向期阻:从前约定的归期受阻。向,从前。

5 仙乡杳:心上人的住处杳然不知。仙乡,本指仙人住所,这里比喻恋人的所在。韦庄《怨王孙》:"不知今夜,何处深锁兰房,隔仙乡。"

6 谁与:与谁,和谁相好。

【解读】

那一年的深秋,时值傍晚,淡淡的明月挂在天边,映照着升腾的烟霭,溪流的寒水,碧波荡漾,路旁的垂杨,沿着河流两岸伸展开去,整个画面,透露出清冷的气息。在这样凄婉迷离的背景下,与她在红板桥头分别,怎不令人黯然神伤?更何况,这已经不是第一次分离了,握着她的纤纤细手,两人不禁泪落如雨。然而纵然有万分不舍,远行的船儿已经扬起风帆。随着急湍的波浪,就这样远离了自己的爱人。这一别,光阴转眼消逝,在外经年,而归期无定,真是令人烦恼不已。又是一年的春残时分,花絮渐渐飘零,使人忧伤。无数美好的日日夜夜,就在烦恼与忧伤中度过,被自己白白辜负了。没有恋人的陪伴,兴致全无,洞房闲掩着,不愿久呆,小屏空立着,无心看顾。因为曾与恋人在这些地方亲密相偎,留下了无数浓情蜜意,对此只能睹物伤情,相思更浓。仰望天空,云彩流动,似乎正在归去,而自己向往回到恋人的身旁,可望断天涯,也看不到她的住所啊。在冷寂的夜里遥想她那温暖的香衾,此刻在与谁相共呢?或者,她还惦记着当时的海誓山盟,在痴痴等待吗?这种种疑虑、猜测,撞击着心灵,真让人难以成眠啊。此词吟咏相思,以时间为线索,伴随着季节的转换,词人追忆了当时离别的情景,再现了自己的别后相思,设想了别后恋人的种种境况,在时间的流程中凸显自己的深情,格外动人。同时,词作以淡雅迷离的景物描写,营造出凄婉感伤的艺术氛围,与"杨柳岸晓风残月"的意境一样,体现了柳永词清婉的艺术特色。